中华
ZHONGHUA HUN
魂

百部爱国故事丛书

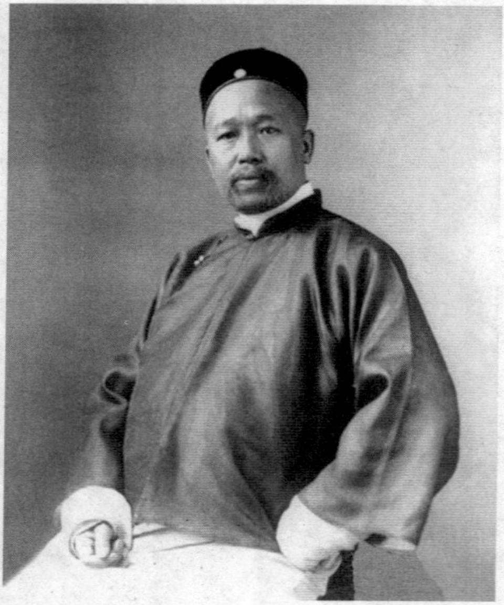

矢志变法强国家

——戊戌变法领袖康有为

张 彬 编著

吉林人民出版社

图书在版编目（CIP）数据

矢志变法强国家：戊戌变法领袖康有为/张彬编著.
-- 长春：吉林人民出版社，2011.3（2025.4 重印）
（中华魂·百部爱国故事丛书）
ISBN 978-7-206-07486-8

Ⅰ.①矢… Ⅱ.①张… Ⅲ.①故事-中国-当代
Ⅳ.① I247.8

中国版本图书馆 CIP 数据核字（2011）第 031972 号

矢志变法强国家
——戊戌变法领袖康有为
SHIZHI BIANFA QIANGGUOJIA
——WUXU BIANFA LINGXIU KANGYOUWEI

编　　著：张　彬
责任编辑：王一莉　　　　封面设计：孙浩瀚
制　　作：吉林人民出版社图文设计印务中心
吉林人民出版社出版　发行（长春市人民大街7548号　邮政编码：130022）
印　　刷：北京一鑫印务有限责任公司
开　　本：787mm×1092mm　　1/16
印　　张：8　　　　字　　数：64千字
标准书号：ISBN 978-7-206-07486-8
版　　次：2011年3月第1版　　印　　次：2025年4月第3次印刷
定　　价：35.00 元

如发现印装质量问题，影响阅读，请与出版社联系调换。

总　序

　　《中华魂》是一套故事丛书。它汇集了我国自鸦片战争以来一百八十余年间的近百位民族英雄、仁人志士、革命领袖、先进模范人物的生动感人事迹，表现了他们作为中华儿女的伟大的爱国主义精神。

　　爱国主义是人们对于"生于斯、长于斯、衣食于斯"的祖国的一种神圣感情，是人们对于自己民族的一种强烈的责任感和使命感，是感召和激励整个中华民族的一面永不褪色的旗帜。在一百多年的中国近现代史上，爱国主义一直激励着中华儿女为祖国的独立、统一、进步和繁荣而英勇奋斗。从"苟利国家生死以，岂因祸福避趋之"的林则徐，到"我自横刀向天笑，去留肝胆两昆仑"的谭嗣同；从"铁肩担道义，妙手著文章"的李大钊，到"青春换得江山壮，碧血染将天地红"的赵一曼；从"县委书记的好榜样"的焦裕禄，到"问鼎长天，扬我国威"的邓稼先……都表现出了强烈的爱国主义精神。正是由于热爱祖国的人们前仆后继地奋斗，国家和民族才得以生存，才能够在一次次历史危急关头转危为安，走向兴盛和富强，从而屹立于世界民族之林。爱国主义是鼓舞中华儿女历经忧患、跨越沧桑、百折不挠、自强不息的伟大力量，它贯穿于中华民族的整个历史，并有力地凝聚着五洲四海的中国人。

爱国主义是一个历史的范畴，在社会发展的不同阶段、不同时期有不同的具体内容。革命时期，需要我们为祖国的独立自主出生入死；建设时期，需要我们为祖国的繁荣富强增砖添瓦。在全国各族人民团结一心，开启全面建设

总序

社会主义现代化国家新征程的今天,我们要争做一名新时期的爱国者。新时期的爱国者要有强烈的民族自尊心、自豪感。民族自尊心、自豪感是任何时期、任何爱国者都必须具备的情感。民族自尊心能增强我们自立向上的恒心,民族自豪感能树立我们建设祖国的信心。要树立"祖国高于一切"的崇高信念,为了祖国和人民的利益不惜抛却个人的利益,甚至不惜牺牲个人的生命。我们要树立终身学习的理念,拓宽自己的知识面,广泛吸收新知识、新技术,完善自身的知识结构,更新学习知识的方法与理念,从思想上、知识上充分武装自己,为祖国的繁荣昌盛贡献力量。

爱国主义思想的继承和发扬,是关系到民族盛衰、国家兴亡的根本问题。爱国主义思想情操的形成,需要不断地培养。培养爱国主义精神的一个重要途径是向英雄人物和典范事迹学习和致敬。这套丛书的出版,对于青少年向英雄和先进人物学习,特别是对于在中小学生中进行爱国主义教育是不可多得的生动的教材。祝愿此书出版发行成功,为培养时代新人做出贡献。

胡维革

中华魂
百部爱国故事丛书

编 委 会

策　划：胡维革　吴铁光
　　　　林　巍　冯子龙
主　编：胡维革　邢万生
副主编：贾淑文　杨九屹
编　委：（按姓氏笔画为序）
　　　　于二辉　刘士林
　　　　刘文辉　孙建军
　　　　李艳萍　吴兰萍
　　　　谷艳秋　隋　军

1858年，古老的中华民族又一次蒙受了列强的羞辱，英法联军攻陷大沽炮台、攻入天津，清政府被迫与俄、美、英、法等列强签订了屈辱的城下之盟《天津条约》，致使国家主权进一步丧失。就在这年3月，一位在近代中国救辱图强的斗争中斩将搴旗的伟人诞生了，他就是几十年后在神州掀起洪波巨澜的康有为。

目 录

聪明好学　胸怀远大　　　　/ 001
刻苦读书　发奋图强　　　　/ 006
开阔视野　体悟真理　　　　/ 010
无所畏惧　挑战旧势力　　　/ 015
著书立说　宣传思想　　　　/ 019
授徒讲学　传授知识　　　　/ 026
公车上书　力挽狂澜　　　　/ 034
创办报纸　开启民智　　　　/ 048
开通风气　变法图强　　　　/ 053
百日维新　壮志难酬　　　　/ 063
身隐图圄　唤醒民众　　　　/ 074
流亡海外　自强不息　　　　/ 087

中华魂 百部爱国故事丛书
ZHONGHUA HUN

聪明好学　胸怀远大

　　康有为，1858年3月19日出生于广东省南海县苏村敦仁里康氏老屋。南海康氏是南海县的大族，世代习文修礼，是当地有名的书香世家。他的高祖以举人入仕，官至广西布政使。曾祖早年讲学于乡，有"醇儒"美称，后官至福建按察使。祖父康赞修长期担任地方教育管理官员，在广东颇有名气。

　　父亲康达初博通古今，学术精湛，因病长期在家休养，他勤苦治学的精神，在康有为心目中留下了极其深

康有为塑像

刻的印象。康有为是家中的长子,家族对他寄予厚望,希望他光大门楣,有所作为。受家中浓厚读书气氛的耳濡目染,及长辈们的谆谆教诲,他从小就深深领悟到:只有饱读诗书,立身扬名,才是人生正途。6岁时,家中请到广州吕凤简先生担任教师,在吕先生的指导下，他熟读了四书等儒家经典。他天资聪颖，博闻强记，读书又十分刻苦，因此吕先生对他格外喜欢。一次，叔伯们想试试他的才气，出"柳成絮"三字让他应对，他脱口而出"鱼化龙"。不但对仗工稳，而且气度非凡，表现出宏伟志向，引起大家一阵感叹，连称："此子终非池中物也！"

1868年2月，康达初因病去世。临终前告诫康有为，要"立志苦学，孝敬尊长，友爱姊弟。"未满10岁的康有为牢记父亲遗训，一心要成为显亲扬名的有用之才。他跟随祖父住在连州官舍，日夜苦读。祖父热心指导他读书，教导他熟读儒家经典，领会其中治国平天下的道理；阅读史书，通鉴古今变化大势；揣摩诗文义法，掌握著述之道。祖父不但经常给他讲学，还常常教导他胸怀大志，立身扬名，报效国家。在官舍里，他看到过清政府发到各地的报纸，对国家大事有了一些了解。对当时政界名人的事迹，他十分羡慕，决心做匡世济民的英雄。祖父康赞修喜欢游览，常带着康有为登临家乡附近名胜。祖孙二人指点江山，激扬文字，抒发爱国豪情。这样的壮游开阔了他的胸襟，扩大了康有为的视野。在祖父的影响下，他志向远大，开口必称"圣人"，因此，同学们把圣人二字与他的名字联起来，称他为"圣人为"。

拓展阅读

周 礼

　　《周礼》是儒家经典，西周时期的著名政治家、思想家、文学家、军事家周公旦所著，今从其思想内容分析，则说明儒家思想发展到战国后期，融合道、法、阴阳等家思想，与春秋孔子时思想发生极大变化。《周礼》所涉及之内容极为丰富。大至天下九州，天文历象；小至沟洫道路，草木虫鱼。凡邦国建制，政法文教，礼乐兵刑，赋税度支，膳食衣饰，寝庙车马，农商医卜，工艺制作，各种名物、典章、制度，无所不包。堪称上古文化史之宝库。

拓展阅读

子 路

仲由（前542~前480），字子路，又字季路，春秋时期鲁国卞人，即今山东平邑县仲村人，孔子的得意门生，以政事见称。为人伉直鲁莽，好勇力，事亲至孝。子路除学六艺外，还为孔子赶车，做侍卫，跟随孔子周游列国，他敢于对孔子提出批评，勇于改正错误，深得孔子器重。孔子称赞说："子路好勇，闻过则喜。"又说："我的主张如果行不通，就乘木筏子到海外去。那时跟随我的怕只有仲由了。"子路性格爽直，为人勇武，信守承诺，忠于职守，以擅长"政事"著称。对孔子的言行，虽然常提出意见，但却是个好弟子。曾协助孔子"堕三都"，都跟随孔子周游列国。是孔门七十二贤之一。子路后做卫国大夫孔悝之蒲邑宰，因卫国贵族发生内讧，参与斗争而被杀害。

刻苦读书 发奋图强

1873年，康有为参加乡里的社学考试，一天写出6篇文章。在百余篇密封的考卷中，考官选中15篇，他的6篇全部入选，其中名居前3篇竟全是他的试卷。

康有为塑像

在作诗考试中，他的诗也获得第一名。由此康有为赢得了很高的声誉。1877年，康赞修老先生在救灾中殉难，20岁的康有为回到家乡继续读书。据说他每天早晨取出一批书，放在桌上，用一把锋利的锥子，猛力一扎，扎穿几册，当天就必须看完几册，不读完这些书，决不休息。他治学有种求真求实的执拗精神，总要从中琢磨出自己的体会来。

为了进一步充实提高自己，他到家乡附近江山镇的礼山草堂拜名儒朱次琦为师，继续求学。朱次琦教学强调将品德修养与经学、文学、史学等传统学科的学习结合起来，是一位行为刚正，学术精湛的理学大师。他的言传身教，改变了康有为的人生道路。在礼山草堂，康有为下苦功夫系统研究儒家典籍和孔子的思想体系，研究先秦诸子百家的哲学思想，并广泛涉猎《楚辞》《文选》《杜诗》等文学作品，学业日进。他读书善于思索而不盲从，有一次甚至因对唐代大学者韩愈的评价不同，而与朱次琦先生发生了激烈的争论。经三年刻苦学习他打下了坚实的学问功底，使过去所学融会贯通，具备了治学的大家气度。

拓展阅读

先秦诸子

春秋战国之交,神州大地掀起了一场社会大变革的风暴。在这场大变革中,旧的奴隶主阶级没落了,新的地主阶级兴起了;旧的奴隶制度和道德伦理观念,被新的封建制度和意识形态取代了;一部分农民获得较多的自由,社会的生产关系也发生了深刻的变化;阶级矛盾尖锐激烈,兼并战争连年不断,整个社会呈现出纷繁复杂的大动荡大改组局面。在这个时期,一个新的社会阶层应运出现了,这就是士。他们来自社会的各个方面,地位虽然较低,但很多是有学问有才能的人,有的是通晓天文、历算、地理等方面知识的学者,有的是政治、军事的杰出人才。其代表人物如孟子、墨子、庄子、荀子、韩非子以及商鞅、申不害、许行、陈相、苏秦、张仪等,都是著名思想家、政治家、军事家或科学家。由于士的出身不同,立场不同,因而在解决或回答现实问题时,提出的政治主张和要求也不同。他们著书立说，争辩不休，出现了百家争鸣的局面，形成了儒家、道家、墨家、法家、阴阳家、名家、纵横家、杂家、农家、小说家等许多学派。其中比较重要的是儒、墨、道、法四家，而《论语》《孟子》《墨子》《老子》《庄子》《荀子》《韩非子》则是这四家的代表著作。其中，《论语》《孟子》《老子》(《道德经》) 和《庄子》具有较高的文学价值。所谓先秦诸子就是这些有着自己独特思想、立场的杰出人才。

先秦诸子

开阔视野　体悟真理

　　康有为面对残破的河山、涂炭的生灵，怎样才能实现自己的理想，解生民于倒悬？这个问题，一直萦绕在他的脑海，他在传统学术中没有找到答案。怀着困惑与苦闷，1878年他辞别老师，茫然走出书斋，回到家乡。次年初，他来到离家不远的西樵山白云洞，希望在与自然的接近中，感悟到真理。

　　在一个偶然的机会，他结识了来此游玩的翰林院张鼎华，经几番接触，二人结为忘年交。张鼎华是以文学誉满京华的名士，常与康有为促膝长谈，纵论天下大事。从张鼎华那里，他了解到时事政治、朝章典故、京城风气、当代人物事迹等，对现实有了初步理解，眼前仿佛打开了一个新的世界。他朦胧地看到了走上社会寻找出路的希望。他开始钻研《周礼》《文献通考》《经世文编》《天下郡国利病书》《读史方舆纪要》等经国有用之书，希望从中找出救国救民的方案。这时他读到了《西国近事汇编》《环游地球新录》等介绍西方社会制度、风俗民情和文明程度的书籍。新奇的外部世界深深吸引了他。为了求得更深入的了解，他于1879年来到了香港。在那里，他一方面感到作为中国人的屈辱，一方面也看到了很多新奇的事物。鳞次栉比的高楼大厦，整洁宽敞的街道，穿行往来的车辆，井然有序的社会秩序，使他心灵深处的封建文化基础开始动摇，觉得以往对外国人的民族偏见应当打破。他看到了中国的落后局面，痛感如不奋起直追，正面临着迫在眉睫的生存危机的中国，将被远远地甩在世界潮流之后。在香港，通过一位曾任中国驻日公

康有为书法作品

使馆翻译的同乡，他又看到了不少已翻译的西方书籍，更多地接触到西方资本主义文化，思想产生了很大变化。

1882年，他去北京参加顺天乡试，因作文喜欢自抒胸臆，不愿循八股文常格而落选。归途中，满目疮痍的残破河山和在饥寒交迫中挣扎的贫苦百姓，刺激着他的赤子情怀，进一步激发了他挺身而赴时艰的责任感。在上海，他订了一份美国人主编的《万国公报》，购进了大批的西学新书。据载：上海江南制造总局30年间售出的约1.2万册西学书籍，他购买自读或送人的就有3000余册，占总数的四分之一。通过认真研读西方书籍报刊，他进一步了解了西方国家的历史、地理、风土人情、政治制度，还学习了不少自然科学知识。其中，天文、物理、古地质学等使他心智大开。他认真研究哥白尼日心说和牛顿的天体力学，并在1886年写出了一部天文学专著《诸天讲》。在著作中，他对太阳系的起源，太阳黑子，月亮的阴晴圆缺，行星、彗星、流星等做了初步的科学阐释。科学知识战胜了儒家传统的天道观，改变了他原来的宇宙观。进化论思想在他头脑中逐步形成，并成为他改造社会的思想武器。

万国公报

　　《万国公报》是1868年9月5日在上海由林乐知等传教士创办的一份刊物。同时也是一份对中国近代发展影响巨大而深远的刊物之一。当时的人称《万国公报》为"西学新知之总荟"，当时的知识分子如果想要了解西方的知识学问的话，一定要看万国公报。在1896年维新前后，发行量曾高达38 400份，1903年发行量达5.4万多份，成为当时中国发行量最大的刊物。

　　由于其广泛介绍西方，受到维新人士和地方要员的重视。从李鸿章、张之洞这些重要的政府官员到日本天皇都长期订阅这份杂志。孙中山先生所写"致李鸿章书"，"上李鸿章书"也都在《万国公报》上发表。林语堂称透过《万国公报》，林乐知成为他生命中，影响最大、决定命运的人物。光绪皇帝曾购回广学会出版的89种书籍和全套《万国公报》。1876年，清政

拓展阅读

府表彰林乐知的贡献,授予他五品顶戴官衔。1899年《万国公报》还最早把马克思以及他的《资本论》介绍到中国来。

万国公报

无所畏惧　挑战旧势力

　　面对残破而又顽固的封建营垒，康有为认为最迫切的任务是把新道理付诸社会实践。他具有反传统的勇气和无所畏惧的斗争精神，勇于向旧势力挑战。1883年，他的长女5岁时，到了按当时习俗缠足的年龄。他认为这是违背人类生理的一种陋俗，是对妇女的残酷迫害，于是坚决不让女儿缠足，声言要把两万万女子从此种苦难中解救出来。这件事在乡间引起很大轰动，全乡的人都起来反对，一些长辈甚至强令他的长女裹足。康有为坚决顶住压力，坚持自己的做法。从这件事上，他看到习惯势力的可怕和冲破传统的意义。为了将斗争进行到底，并扩大战果，他与一位也不让自己家女人缠足的卸任外交官商议，成立了"不裹足会"。章程规定：凡入会者均须保证，不让自己家的妇女裹足；已经裹足的不强迫放足，但如自愿放足，则会员都去庆贺。

　　经过他的宣传，参加"不裹足会"的人渐渐增多。这是中国近代史上第一次反对妇女缠足的民间组织，反映了妇女反对缠足的强烈愿望。此举实际是向封建伦理纲常宣战，动摇了旧的道德规范，具有很强的反封建意

义。这也是全国不缠足运动的先声，从1895年以后，在广州、上海、天津、北京、长沙、福州等大城市以及广东、湖南、江苏、福建等省乡村，先后出现过这类组织，掀起了反对缠足的社会运动。这是康有为与旧势力斗争的第一个回合，他取得了胜利。

康有为画像

拓展阅读

缠　足

缠足是中国古代的一种陋习，即把女子的双脚用布帛缠裹起来，使其变成为又小又尖的"三寸金莲"。"三寸金莲"也一度成为中国古代女子审美的一个重要条件。

缠足给妇女带来身心扭曲的痛苦，在世界上也属罕有。据记载，缠足是用5尺长2寸宽的布条，紧紧地缠在女童的足上，把足背及4指下屈，压至足心，被缠者痛得汗如雨下，甚至鲜血淋漓。亲自动手的往往是母亲，缠一层，还要加一些唾沫以便防滑收紧，不管女儿如何痛哭，做母亲的毫不怜惜，说是"娇女不娇足"。长大后双足因肌肉挤压，指甲软化，嵌入肌肉，肌骨变形成弓状，腿部不能正常发育，瘦削如棍，脚长以三寸为佳，因此称为"三寸金莲"，在一百多年前，男子脑后拖着辫子，女子缠小脚，是最有损中国人形象的两大陋俗。由于社会不断进步，人们对之前的妇女缠足从美学和

拓展阅读

人性方面都进行了否定。更完善的价值观使人们意识到其实顺应事物自身发展规律的自然变化就是美的，健康的就是美的。

著书立说　宣传思想

经过几年学习研究，康有为初步形成了学习西方先进的政治制度、实行变法维新、振兴中华的政治思想。在此期间，他曾向洋务派领袖之一张之洞建议多印西方政治理论著作，以开启民智。中法战争中，中国虽胜犹败的惨痛现实促使他进一步思考，为了使人们从沉睡中觉醒，他把西方自然科学知识，引入社会政治领域，他撰写了《人类公理》《实理公法全书》和《礼运注》等政治理论著作。他是中国近代思想启蒙运动中，最早举起人道主义的旗帜，向封建主义思想体

康有为故居

系开战的人。

《实理公法全书》共16篇，模仿欧几里得《几何原本》的编写形式，在实理公法的命题下，阐发人道主义学说。书中用实理公法否定封建主义的天理与私法，提出反对封建等级内容的独立的人的价值观，弘扬人的天赋权力学说，反对三纲五常的旧礼教，提出新的伦理道德观念，并描述了新社会理想。

在《礼运注》中，他借助对儒家经典的批注，初步阐述了他对人类未来的美好设想。在他看来，人类社会是不断发展的，经历据乱世、升平世、而达到太平世，进入天下大同这种尽善尽美的理想社会。在大同世界，人人平等，享受着充分的自由与公民权利，私有财产已不存在，人们在物质上和精神上都得到极大满足。对这个理想的实现，他坚信不疑。他一生的奋斗，都指向这个高远的终极目标。改变中国的现状，在他看来，只是实现远大理想的第一个步骤而已。

1888年，他再次赴京参加顺天乡试，仍因文章不同常格，没有考中。他多次参加科举考试，并不是为了求取功名，而是为登上政坛，大展宏图创造必要条件。科场的失意，他并不十分在意，中法战争后，帝国主义势力对西南边陲的渗透却引起了他的警觉。

这年12月，康有为实在觉得再不能坐视局势的恶化，他怀着一腔忧愤，给光绪皇帝上书，请求改良政治，自强自救。他以强烈的危机感，描述了中国面临的危难局势，对朝政提出批评，提出了"变成法、通下情、慎左右"三条具体建议。所谓"变成法"，就是革除弊政，参照古今中外的法制，推行新法来治理国家。"通下情"就是让朝廷开通言路，广泛听取臣僚及士人意见，使政情上通下达。"慎左右"就是要统治者明辨忠奸，慎重用人，重用贤才，斥远奸臣。这些建议没有完全跳出传统政治的格局，但对当时的政治状况，却有很强的针对性。他的上书得到朝中开明官吏

日本明治维新图

黄绍箕、沈曾植、屠仁守等人的同情和支持。可这份上书终因横遭腐朽势力阻拦，没能进呈到光绪皇帝面前。但这行为本身和书中阐述的政治主张，却打动了无数关心国家前途命运的仁人志士。人们纷纷传抄《上皇帝书》，康有为一时成了风云人物。

上书受挫没有动摇他的斗争决心。此时的诗句"治安一策知难上，只是江湖心未灰"抒写了他的心境。当时慈禧太后正热心在颐和园大兴土木，朝中大臣与宦官勾结，把持大权，国事日非。康有为在京一年有余，看透了政局的黑暗，朝廷的腐败，也感到了传统习惯势力的强大，国人思想的麻木保守；认识到要变法自新，实现富国强兵的政治理想，必须攻克封建思想文化堡垒，做社会改良的宣传鼓动工作。1889年秋，他返回故里，着手寻求能为中国知识界接受的思想学说，决心先从思想领域打开缺口，做思想发动工作。

这时日本明治维新刚刚取得成功，康有为似乎从中看到了中国的希望。1890年他去拜访著名今文经学家廖平，讨论今文经学问题。从廖平的著作中，康有为受到很大启发，找到了改造经学，使之为自己的政治主张服务的道路。他先后写出《新学伪经考》和《孔子改制考》两部学术巨著，向传统思想学术开战。

《新学伪经考》论证长期流传并被统治者作为治国修身指导的儒家经典，大部分不是孔子等人修订先秦文献或典章制度的记录，而是西汉末年的学者刘歆为配合王莽改制篡汉而伪造的。这就等于说两千年来从统治者到普通学者学习并应用的大部分是伪书，人们都受了刘歆的欺骗。这部书出版后在全国引起极大轰动，人们都为他新颖又大胆的论述所震慑。康有为写《新学伪经考》是为了破除思想迷信，写《孔子改制考》则是为他的政治改革开通道路。在这部书中，他论述孔子的学说主要是关于改革国家制度的理论，孔子一生的主要事业就是托古改制。他试图让人们相信，民权、民主、自由、平等等学说都是孔子的发明。他主张的维新变法正是继承着孔子遗志，是遥隔2 400年后与孔子所为一脉相承的圣业。这样一来，他的思想学说蒙上了一层神圣的灵光，许多人解除了思想顾虑，接受了他的维新观点。这两部著作虽然不免有牵强附会之处，但在中国思想学术史中却是震烁古今的不朽文献。在近代思想界，它如划破漫漫长夜的一声惊雷，震聋发聩，使人猛醒。

拓展阅读

明治维新

明治维新是日本历史上的一次政治革命。是指19世纪末，日本所进行的由上而下、具有资本主义性质的全面西化与现代化改革运动。它推翻德川幕府，使大政归还天皇，在政治、经济和社会等方面实行大改革，促进日本的现代化和西方化。明治维新的主要领导人是一些青年武士，他们以"富国强兵"为口号，企图建立一个能同西方并驾齐驱的国家。1871年废藩置县，摧毁了所有的封建政权。同年成立新的常备军。1873年实行全国义务兵制和改革农业税，另外还统一了货币。在19世纪70年代中期，这些改革遭到两方面的反对：一方面是失意的武士，他们纠集对农业政策不满的农民多次兴行叛乱；另一方面是受西方自由主义思想影响的民权论者，他们要求实行立宪，召开议会，万事决于公论。明治政府在各方面的压力下，在1885年实行内阁制，1886年开始制宪，

1889年正式颁布宪法,1890年召开第一届国会。明治政府在政治改革的同时,也进行经济和社会改革,其主要目标是实现工业化和现代化。到20世纪初,明治维新的目标基本上已经完成。

日本明治维新三杰之西乡隆盛像

授徒讲学　传授知识

康有为来广州，使一个青年学子怦然心动。他就是成为康有为开门弟子的陈千秋。陈千秋当时正在广州最有名的书院学海堂求学。他天资聪颖，好学上进，具有高昂的爱国热情，对康有为上书批评时政的行为非常敬佩。听说康有为已到广州，便前去拜访。一见面，他马上被康有为深湛的学识和精辟的思想见解所吸引。经反复考虑，放弃了学海堂的学业，拜康有为为师。陈千秋入师门后，更感到康有为的学问壁立千仞，难窥堂奥。便向学海堂学友梁启超谈了自己的感受。梁启超16岁即中举人，是名噪一时的才子。听了陈千秋的介绍，引起梁启超极大兴趣，便去拜谒。交谈中，他被康有为的气魄征服。想不到自命不凡的自己，相形之下显得那么浅薄、无知，真是山外有山，天外有天！他认定从康有为这里，才能学到真正的学问。于是他放下自己的举人架子，拜当时只是秀才的康有为做自己的老师。

陈、梁之后，有志好学的青年学子不断前来求学，在他们的请求下，康有为正式办起了学堂——长兴学舍。长兴学舍兴办后，慕名而来者络绎不绝，1893年

长兴学舍的学生只有40余人,1894年达100余人,到1898年戊戌变法时,连同在其他地方慕名来投的学生已达1 000余人。随着学生不断增加,学堂不得不一再迁址。1893年迁到广府学宫仰高祠,挂起了"万木草堂"的匾额。

康有为办学注意对学生精神气质的培养,着重传授有实用价值的知识,注意培养学生从经世致用角度理解学问,增强救国救民的社会责任感。万木草堂不教授八股文等升官发财的敲门砖之学，它的课程主要有四大类：义理之学，即儒家哲学、诸子哲学、佛学、西方哲学等；考据之学，即经学、史学、掌故之学、地理、数学、物理学等；经世之学，即政治学、中国及世界各国制度沿革等；文字之学，即中外语言文字学。康有为讲学特别认真，他声音宏亮，精神饱满，往往一讲就是几个小时，仍神完气足，精力充沛。他学识渊博、考辨得失、广引例证，结合宣传自己的学术观点和政治主张，以启发同学们深入观察事物，分析思考问题，培养治学能力，形成远大的政治理想。康有为立身刚直，人品高尚，万木草堂的学生们对他非常尊敬。除给学生们讲课外，康有为还每天到讲堂解答同学们提出的问题。他的学生多是勤奋好学、善于思考的人，所以不断提出许多疑难问题。疑难越多，康有为越精神抖擞，思路开阔，学生们往往获得很大启发。在康有为的精心指导下，这所学堂里培养出了一批政治运动的骨干和思想领域的启蒙学者，如徐勤、麦孟华、梁朝杰、韩文举、欧榘甲、陈和泽、曹泰、王觉任等都是大有作为的杰出人物。

拓展阅读

万木草堂

万木草堂旧址位于中国广州市中山四路长兴里3号,为三间三进、两天井、硬山顶的青砖祠堂式建筑,面积663平方米。始建于清朝嘉庆九年(1804年),原是广东省邱氏子弟到省城应试的居住处。在晚清时期,康有为在此创办了一所私立学堂,所以万木草堂是康有为讲学的场所,1891年创设于广州长兴里。万木草堂实际上是康有为为维新变法培养人才和宣传维新理论的基地。当时的学生有陈千秋、梁启超、麦孟华、徐勤等人,后来都成为戊戌变法运动的重要人物。

在草堂中,康有为与学生一起研究中国几千年来的学术源流和历代政治的沿革得失,以及有关西方资本主义世界的各种知识。康有为还让一部分造诣较深的学生协助他著书。梁启超和陈千秋等人,就是他著述的主要助手。他的两部著作《孔子改制考》和《新学伪经考》

拓展阅读

就是用这种方法编撰的。

草堂学生的学习方法，除了听讲外，主要靠自己读书、写笔记、记功课簿。学生们在听讲、读书有心得和疑问时，都记在自己的功课簿上，每半月呈交一次。康有为就根据功课簿所反映的问题，或做批示、或作讲解引导学生进行学习。在教学组织方面，康有为任总教授，另从学生中选出若干名高才生作为"学长"，领导学生读书。又委任一人专管图书室。一切教学工作，井井有条。此外，康有为还要求学生练习演说、做体操和假期"游历"。万木草堂实际上是一所由旧式书院向新式学堂过渡的学校形式。

万木草堂

拓展阅读

梁启超

梁启超,字卓如,号任公,又号饮冰室主人、饮冰子、哀时客、中国之新民、自由斋主人等。汉族,广东新会人,中国近代维新派代表人物,资产阶级改良主义者,著名学者。梁启超自幼在家中接受传统教育,1889年中举。1890年赴京会试,未中。在回家的时候路经上海,看到介绍世界地理的《瀛环志略》和上海机器局所翻译的西洋图书,眼界大开。同年他结识康有为,投其门下,后来与康有为一起领导了著名的"戊戌变法"。其著作编为《饮冰室合集》。梁启超的学术研究涉猎广泛,在哲学、文学、史学、经学、法学、伦理学、宗教学等领域,

拓展阅读

均有建树。

梁启超一生勤奋,在将近36年而政治活动又占去大量时间的情况下,每年平均写作达39万字之多,各种著述达1 400多万字。

梁启超是戊戌变法领导人之一,我国19、20世纪之交资产阶级维新派的著名宣传鼓动家。他主张赋税的征收必须以便民为原则,实行轻税、平税政策,指出"西人于民生日用必要之物,必豁免其税以便民。中国则乘民之急而重征之,如盐政之类是也。亦有西人良法美意,为便民而起,而中国视为助帑之计,行之而骚扰滋甚者,如今之邮政之类是也。"他提出应仿效英国实行平税政策,便民利民而后求富强。这是一种把经济发展放在首位,财政税收放在其基础之上的观点,对当时中国资本主义工商业的发展具有积极意义。梁启超认为公债也是一种赋税,所不同的是"租税直接以赋之于现在,而公债则间接及赋之于将来","不过将吾辈今日应负之义务,而析一部分以遗诸子孙云尔"。但他承认公债对经济建设具有积极意义，"租税尽其力于一时，公债将纤其力于多次"，因此他认为公债虽然增加了后代的负担，但也有利于后代。

梁启超塑像

公车上书　力挽狂澜

1893年，康有为应乡试，中举人第八名，取得了考进士的资格。

1894年，日本军国主义发动甲午战争。年底，大连、旅顺相继被日军占领。次年初，清政府多年经营的北洋舰队全军覆没。4月，清廷被迫派李鸿章赴日本马关与日议和。签订了丧权辱国的《马关条约》。条约规定：

一、中国割让辽东半岛、台湾全岛人附属岛屿和澎湖列岛给日本。

《马关条约》签订现场的蜡像

李鸿章代表清朝政府签订了丧权辱国的《马关条约》

二、中国赔偿给日本军费两亿两白银。

三、中国增开沙市、重庆、苏州、杭州4个通商口岸。

四、允许日本在中国通商口岸设厂。

这个苛刻的条约传到北京，全中国人民都陷入巨大的悲愤之中。面临国家民族的灾难，人们的民族觉醒意识空前高涨，爱国热情极为高昂。北京的大街小巷掀起了拒约浪潮。当时正值全国科举大考即将举行，全国举人都集中在北京。这些尚未步入仕途的士子更是群情激愤。大弟子梁启超在康有为的影响下慷慨激

昂，奔走联络。首先联合广东举人麦孟华、张寿波等百余人，湖南举人任锡纯、文俊铎等数十人，上书都察院，请代奏皇帝，力言台湾不可割给日本。梁启超等人上书之后，福建、四川、江西、贵州以及江苏、湖北、直隶、云南等省举人也分别上书，强烈反对割台。几天之内督察院衙门前车马骈集，填街溢巷，有时长达数里。台湾举人们涕泪交流，慷慨陈词，引得一些官员也连连表示敬意。

人们高涨的爱国热情深深感染了康有为，他意识到有必要联合起来，发动一场大规模的请愿运动，以改变政局。他召集18省举人1 300余人聚会，决定上一公呈，请求清政府拒和、迁都、练兵、变法以自救立国。这时他早已因倡言变法图强而名满天下，于是，大家公推他起草上奏书。他用一天两夜时间，写出了

公车上书

1.8万余字的《上今上皇帝书》，准备由各省参加会试的举人签名后上呈。

康有为在上书中首先驳斥了出卖主权，对日妥协就可以保清廷数年安全的幻想，指出：日本割台后，其他列强必接踵而至，提出领土要求。答应则国土日削，不答应则战争势不可免。中国将进退失据，国无宁日。在反对议和的同时，他提出"下诏鼓天下之气，迁都定天下之本，练兵强天下之势，变法成天下之治"四项主张。"下诏鼓天下之气"，就是建议光绪皇帝下三道诏书：第一、下罪己诏，以感动忠臣义士，使他们奋起为国雪耻；第二、下明罚诏，严惩主和辱国的大臣和征战不利的将帅，以重振朝纲；第三、下求才诏，破格选拔人才。"迁都定天下之本"，就是根据当时京师屏障全失的局势。迅速迁都西安，避免日本的武力挟制，在内地养精蓄锐，以图东山再起。"练兵强天下之势"，就是摆脱中国将衰、兵弱、器劣的状况，用练新兵、选良将、购精器的办法，建立一支强大的军队，改变中国被动挨打的局面。"变法成天下之治"，在康有为看来是改变中国积贫积弱国状态的根本措施。

他提出要行"富国之法，养民之法与教民之法"。富国之法包括：由国家发行钞票，以扩大商务，筹措军费，聚资建设；兴修铁路，发展交通；允许私人开

厂造机器、舟船，发展工业；开发矿产资源，以获其利；自铸银圆，以收利权；开设邮政业务，便利公私信件传递。养民之法包括四项内容：务农，即全面改造农业；劝工，即鼓励科学创造发明；惠商，即减免重税，保护商业；恤穷，即扶贫济弱，收取民心。教民之法也有四项：一、普及教育，提高国民文化素质；二、改革科举，增加时事政治与科学知识内容；三、开设报馆，移风易俗，加强舆论作用；四、设立道学，用孔子之道统一人们思想。

康有为对清政府政治制度的低效落后进行了有力

光绪皇帝与慈禧太后画像

批评，认为君臣、君民、上下级之间的阻隔是中国贫穷落后的主要原因，应当吸收民众，特别是士人参加国家管理。最后，康有为告诫光绪皇帝：如果采纳他的建议，实行了上述主张，中国就会由弱转强，收复失地，一雪国耻。如再徘徊观望，苟且因循，则局势将不可收拾。这些建议与措施，既有学习西方资本主义先进文明的色彩，又体现出他迫切要求改变中国落后状况，抵御列强侵略的强烈愿望，反映了他的远见卓识。其中许多主张是他多年考察、研究的结果，是切实可行的救弊良方。在中华民族危亡的关键时刻，康有为提出资产阶级维新改革的政治纲领，企图在保持清朝统治的前提下，反抗侵略，救亡图存，把中国引上资本主义道路，具有进步的历史作用。

康有为的上书脱稿后，于5月1日在北京宣武城南松筠庵，召集十八省举人及京官名流讨论。听了康有为的讲演和上书后，群情激昂，深受感动，纷纷签名。准备4日去都察院集体投递，阻止签约，洗雪国耻。公车上书引起了慈禧太后及朝中顽固派官僚的恐慌。《马关条约》原定于8日在烟台正式换约，他们怕举人们的爱国行为引发更大的事态，便胁迫光绪皇帝

光绪皇帝画像

在慈禧太后的干预下光绪皇帝推行的新政被迫终止

于2日批准条约,在条约上用印,造成了既成事实。孙毓汶等慈禧党羽又造谣惑众,虚声恫吓,千方百计阻止这一爱国行动。2日,举人们再次讨论散会后,不少举人听说和议已成,大局不可改变,斗志便有些松懈,收回了签名,也不愿再去参加斗争。康有为不得已取消了上书行动。条约批准后,各省举人对力主签约,极力破坏公车上书的军机大臣孙毓汶恨之入骨,扬言要抬着棺材到孙家示威,杀死这个卖国贼。康有为认为这是过分之举,予以制止。这个消息吓得孙毓汶不知所措,后来被迫辞职。这场斗争不失为中国近

——戊戌变法领袖康有为

矢志变法强国家

代爱国运动史上的一个壮举。成千士子在数载苦读，眼见踏上光宗耀祖的仕途之际，置功名利禄甚至身家性命于不顾，拍案而起，发出了救亡图存的呐喊，显示出中国人刚直不阿的高尚民族精神，谱写了一曲气壮山河的凯歌。这次公车上书，把酝酿多年的资产阶级维新思潮变成了实际的爱国政治运动，是中国近代史上浓墨重彩的辉煌一笔。康有为也走上斗争舞台，从一个启蒙思想家，变成了一个杰出的社会活动家。

上书第二天，《上皇帝书》副本即开始传抄。一个月后，上海出版发行了它的印本。这一文献在祖国大

康有为像

地上广泛流传，产生了巨大影响。这个行为本身也使士庶民众受到极大鼓舞，从中看到了中国的希望。上书期间，会试发榜，康有为中第5名，殿试降为二甲第46名，赐进士出身。即使对康有为参加科举考试之事，顽固派也要进行阻挠。此次会试的总裁徐桐、副总裁李文田等人曾预先指示阅卷大臣，广东省试卷中有才气者一定是康有为，注意不要录取。阅卷者在试卷中看到一份才华横溢的卷子，传阅后大家以为是康有为的，遂弃置不取，不料这是梁启超的试卷。当前5名以外的榜已填完时，徐桐高兴地说："康有为一定没被取上！"可填前5名时，康有为试卷正在其中，而且拟取为会元。徐桐等已无可奈何，只能把康的名次

从第一降至第五。徐桐又羞又恼，盼咐家人康有为如下拜谒，拒而不见。他根本不懂，康有为是不屑于向他这样的守旧官僚折节礼拜的。考中后，康有为被授予工部预衡司主事之职。他考进士只为扩大政治影响，没把这个六品官放在眼里，所以他继续从事维新事业，根本没有到任就职。他自己解释说："我自知无作官才能，不能为朝廷奔走效劳。再说我生平以讲学著述为业，本打算以平民身份终此一生。因为难违母命，才不得已应试，连科举都无意参加，怎么会去做官呢？我不能为五斗米折腰，所以没有到任。"

《马关条约》的签订引起西方国家的不安，他们感到在华利益受到了严重威胁。俄、德、法三国同日交涉，要求日放弃辽东半岛。日本当局被迫同意归还已占领的南满和辽东半岛。腐败的清政府又盲目乐观起来，恢复了文恬武嬉的常态。康有为怀着深深的忧患意识，5月末和6月末，又接连两次上书给光绪皇帝，阐述政治主张，呼吁改变现状，提出变法的具体步骤与措施。在《上清帝第三书》中，因形势变化，去掉了拒和、迁都的主张，集中讨论了变法问题。这时，康有为已是朝廷命官，都察院不能对他的上书予以扣压，于6月3日代递军机处。倾向维新的光绪皇帝师傅军机大臣翁同马上将上书呈给光绪皇帝阅览。

光绪皇帝读到上书后，思想受到很大震动。对康有为的主张大加赞许，认定通过变法维新，不仅能使中国富强，而且可以改变自己在清统治集团中的地位。他当即命再抄录三份副本，一份呈送慈禧太后，一份留存军机处，另一份放在宫中备自己随时观览。第三次上书的成功使康有为受到很大鼓舞，他又写出第四封上书，详细论述变法的轻重缓急，并提出中国首先要在两个方面进行改革：一是鼓励科学发明，使中国迅速走向富强；二是仿照西方，设立议院以通下情。当时，光绪皇帝的师傅翁同对于光绪帝亲政后无权的处境十分不安。他认为康有为代表了可以帮助皇帝巩固地位、改变政局的新生力量，急于与之建立起稳固的

联系，作为外援。他特意走访康有为，不巧没有遇上。康有为也正想通过当政者实行自己的政治主张，得知此事后立即登门回拜。光绪皇帝的师傅翁同向康有为透露了皇上无权的实情和渴望掌权重振朝纲的愿望，同时也受到康有为的鼓动，对维新变法有了初步的理解。事后，康有为又多次写信给翁同，督促尽快实行新政。在康有为的影响下，翁同思想发生了很大变化，成为光绪皇帝与维新变法事业的中介人。这年7月，在康有为思想的推动下，光绪皇帝与翁同决定部分实行新政。下诏在各省推行一些改革措施，如修铁路、开矿山、造机器、折南漕、减兵额、创邮政、铸钞币、练陆军、整海军、立学堂、整厘金、核关税、稽荒田、汰冗员等。接着，他们又拟定十二道诏书，发布维新之令。可是这些措施遭到各地督抚们的抵制，在慈禧太后等保守的后党支持下，这些地主官僚们更是有恃无恐。由于慈禧太后的干预，这一年光绪皇帝推行新政的计划被迫中止。

拓展阅读

甲午战争

甲午战争又称中日甲午战争、第一次中日战争、清日战争、清日甲午战争，是中国晚清年间发生在中国和日本之间的一场战争。由于发生年为1894年即清光绪二十年，干支为甲午，中国史称"甲午战争"。甲午战争历时9个月，分为陆战和海战两个战场，日军攻下朝鲜的平壤，在黄海海战中大败北洋水师，之后又攻下中国的旅顺、威海，并于1894年11月22日在旅顺进行大规模屠杀，血洗全城。战后双方签订《马关条约》，规定中方向日方割地赔款，中国清政府因此背负沉重外债，国力日趋衰退，沦为半殖民地半封建国家。而日本因获得巨额战争赔款，国力、军力迅速强盛，并逐渐走上军国主义对外扩张之路。

创办报纸 开启民智

几经反复,康有为认识到斗争的艰难曲折。他懂得了:原来以为只要皇帝下诏,变法事业即可大功告成的想法是幼稚的,期望朝廷自上而下实行变法,时机还不够成熟。当务之急是团结一批志同道合的同志,形成群体力量。要倡新学,通风气,开发民智,动员国民共同起来,为改变中国积贫积弱局面而努力。

康有为画像

为了宣传新学，开通风气，他决定创办一份中国人自己的报纸。在梁启超、麦孟华两位弟子帮助下，他捐资在北京办起了中国人办的第一份报纸——《万国公报》。这份报纸主要由梁启超、麦孟华二人撰文，介绍西方各国的政治、经济、社会、文化、风土人情及新闻消息等，每期还刊一篇论说，宣传富国强兵之道、教士养民之法。这份报纸起初为双日刊，主要向政府官员、朝士大夫发行。它创办后，在京城产生了很大影响，上层社会渐渐对世界大势有了一定程度的了解，变法维新主张得到很多人的理解。报纸发行45期后，因与英、美传教士创办的广学会机关报《万国公报》同名，改为《中外纪闻》，以梁启超、汪大燮为主笔。当时维新派已成立了自己的组织——强学会，《中外纪闻》就成了强学会的机关报。《中外纪闻》加大了对维新变法的宣传，扩大了发行范围，产生了更广泛的社会影响。

康有为认为通过建立学会，可以把拥护变法的人团结在一起，形成政治势力，发挥更大的作用，而建立学会应当先从北京开始，因为北京是全国的政治中心，可以产生登高呼远的效果。可是建立学会是违反清政府律令的，有坐牢甚至杀头的危险。康有为、梁启超等人不辞千辛万苦，四处奔走，反复动员，终于

康有为书法作品

博得了朝中大臣翁同、孙家鼐、李鸿藻、张荫桓、张之洞等人的同情与支持。1895年9月,以康有为为首的维新派和帝党官僚结合组成的强学会在北京成立,基本会员有康有为、梁启超、麦孟华、汪大燮、陈炽、张孝谦、杨锐、文廷式、王鹏运、沈曾植等人。康有为受大家推举起草了《强学会序》,作为组织纲领。这是一篇维新变法的政治宣言,产生了较大社会影响。康有为在北京的活动,引起了顽固派的不安。他们竭力造谣生事,挑拨维新派与帝党官僚集团的关系,甚至策划对康有为实施迫害。为避祸,康有为不得已离开北京,南下上海开辟新的维新阵地。

11月,他先到南京,争取洋务派官僚张之洞对在成立上海强学会的支持。当月,张之洞幕僚梁鼎芬、黄绍箕等人陪同康有为来到上海。12月,上海强学会开局,成员主要有康有为、梁鼎芬、黄绍箕、张謇、黄遵宪、章炳麟等。康有为拟定章程,规定上海强学会专为中国自强而立,专求中国自强之学。确立强学会的工作主要是译印图书、刊行报纸、成立图书馆、创办博物馆等,以传播西学、新学、变法图强为宗旨。章程还强调强学会总会设于上海,建立与北京强学会的联系,并在各省相继设会。康有为重视舆论作用,将办报作为学会重要工作之一。他把学生徐勤、何树龄由广东调来,于1996年初创办了上海强学会机关报——《强学报》。《强学报》在创刊号上以孔子卒年纪年,置于光绪年号之前,隐含与清政权对抗之意,反映了康有为托古改制的主张。

维新派的一系列活动和维新思潮的迅速传播,让封建顽固派看到了新思想的巨大威力。他们意识到如再让维新派继续进行新政的宣传鼓动,就有危及他们统治的危险,于是他们组织了一次大规模的反攻。先

是，李鸿章授意御史杨崇伊奏参强学会从事非法活动，包藏祸心。继而，慈禧太后逼迫光绪皇帝下令查封北京强学会。接着，张之洞以康有为行为过于激进，作出解散上海强学会，停刊《强学报》的决定。

　　维新事业虽暂时遭到沉重打击，但北京、上海强学会的成立和上述报纸的创办，对宣传民众、开通风气、传播维新思潮所起的客观作用已无法逆转。此后，人心思变，办报组会之风遍于天下，维新思潮演成全国范围普遍性的社会运动。

梁启超塑像

开通风气　变法图强

康有为回到广州,继续在万木草堂讲学,修订他的《孔子改制考》,撰写新的著作。他时刻在注视着政坛的风云变化,准备发动新的进攻。梁启超在北京受到打击后,感到北京受专制政府的直接控制,保守势力太强,不如从上海打破缺口,通过办报推动变法运动。在康有为的支持下,梁启超来到上海,于1896年8月正式创办了《时务报》。他自任主笔,汪康年任经理。因为在一些枝节问题上做了些让步,得到了张之洞一派开明官僚的支持。《时务报》很快发行全国,发

光绪皇帝画像

行量达1.7万余份,居全国各类报纸之首,受读者欢迎程度为中国有报以来所未有。在传播新思想方面,它起到了当时其他宣传工具无法取代的作用。它打破了清廷封禁维新思想报刊的无形禁令,使形势出现了新的转机。在它的影响下,一些重要城市相继出现了各种类似报刊,新思想的潮流已不可阻挡。康有为看到基督教在中国得到很快传播,中国却不知独尊孔教,致使思想混乱,文化衰微。为了宣传孔教,推进维新运动，他于1897年3月在广西发起圣学会。又创办《广仁报》，介绍中国国情及各国政治，呼吁士人奋起救国图强。这些行动，使长期闭塞的边地风气大开，卷进了变法图强的时代潮流。

正当康有为救亡图强努力奋斗之时，列强又一次掀起了瓜分中国的狂潮。12月，德国帝国主义借故侵入我国胶州湾，次年3月，以武力胁迫手段，强行将胶州湾租借99年。俄帝国主义接踵而至，强行租借了旅顺口和大连湾。法、英、日等其他列强也相继来切割中国领土。至此，中国已被划分为若干块帝国主义的势力范围，主权遭到严重破坏，亡国危机迫在眼前。当德国侵略我胶州湾的民族危难关键时刻，康有为再次拍案而起，第五次向光绪皇帝上书。在上书中，他尖锐地批评了清政府的不抵抗政策，指出苟且偷安只会一步步走向灭亡。强调国势日衰，又不思振作是导致当时危机的主要原因。他沉痛指出，其时除变法外已没有其他救国之策了。在书中他提出上、中、下三策供光绪皇帝选择：上策是效法俄、日两国，以定国是，彻底变法；中策是广泛听取群臣意见，讨论如何进行变法；下策是允许各省官员自行变法，3三年后将这些新政结合起来，形成全国统一的制度。他认为行上策可使国家强盛，行中策可维持积弱局面，行下策

则不至于亡国。在上书中他还正式提出国事需经国会议行和颁布宪法的主张。可惜这次上书又被有关衙口扣压而未能送到皇帝手中。

这年冬天，康有为顶风冒雪，奔走于公卿大臣之间，争取更多有实力人物的支持。他的顽强精神使翁同、孙家鼐等稍有爱国之心的朝中大员深受感动，暗

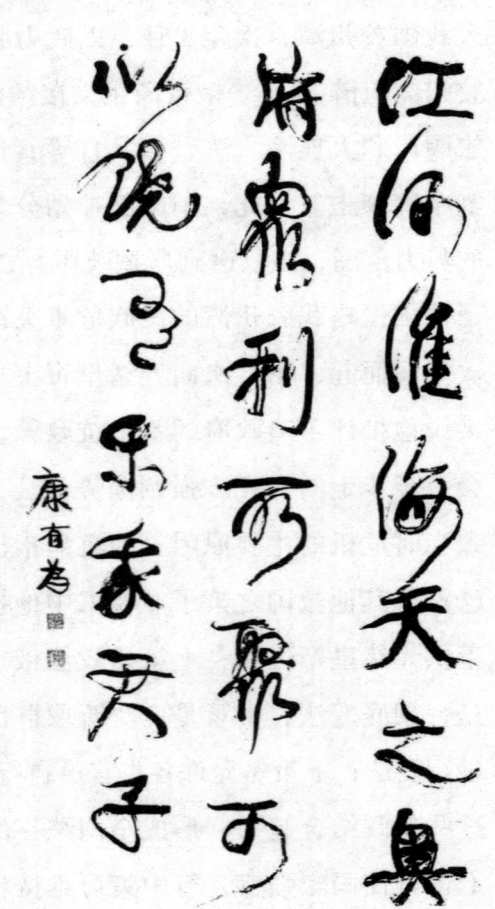

康有为书法作品

地里对他进行帮助。当他处于斗争最困难时刻，准备离京南下，另谋出路之时，翁同亲临南海会馆，挽留康有为，告知他已向皇上推荐了康有为，康有为即将受到重用。

第二天，给事中高燮在翁同授意下向光绪皇帝上奏，举荐康有为学识渊博，对国家大事有精到见解，请求皇帝召见，并委以重任。翁同乘机为康有为说好话，光绪皇帝曾读过康有为的上书，留下十分深刻的印象，近几年又一直有意于实行变法，便同意召见康有为，当面咨询。首席军机大臣恭亲王不便直接反对，搬出"非四品官以上不能召见"的陈规加以阻拦。光绪皇帝遂命总理衙门大臣召见康有为，询问变法事宜。1898年1月24日，康有为奉旨来到总理衙门，总理衙门大臣李鸿章、翁同、荣禄、刑部尚书廖寿恒，户部左侍郎张荫桓等官员与康有为展开热烈的讨论。康有为有力论述了变法的必要性，详细阐述了他在各领域进行变法的具体设想。次日，翁同向光绪皇帝汇奏咨询结果。光绪皇帝命康有为条陈所见，并命进呈所著《日本变政考》及《俄大彼得变政记》亲览。康有为奉诏后，十分兴奋，连夜起草奏章。29日，他呈上《应诏统筹全局折》，即《上清帝第六书》。奏折中论证了变法的必要性，以波兰、缅甸等国历史说明不变则亡，请求光绪皇帝审时度势，排除干扰，下定决心，迅速变法。他建议就近取法于日本的成功经验，召集变法人才，设立变法机构，实行以下变法措施：一、大集群臣，下诏明定国是，宣布除旧布新，与民更始。二、让群臣上奏表态，支持变法，反对者或不表态者予以免职。三、设"上书所"，接纳天下士民上书，一般官员上书也可直接送达，不必由各部主管人员转递。四、开制度局于宫中，选天下通才十余人入局，其地位与王公卿士平等。皇帝在制度局与这些通才重新商定一切政事制度，然后颁布实行。以制度局为变法改革的首脑机构，再设12个局，行使国家行政职能。这12个局分别是：法律局、税计局、学校局、农商局、工务局、矿政局、铁路局、邮政局、造币局、游历局、社会局、武备局。康有为还建议改革地方行政制度，在每道设一民政局，每县设一民政分局，它们的主要职能是创办新政，包括绘制地图、调查户口、修筑铁路、发展农工商各业、开设学校、兴办卫生事业、设置警察局等。康有为坚信，地方新政如果得到士绅支持，会在短时间内取得很大成效。这次上书较完整反映了中国资产阶级的改革要求，对光绪皇帝和戊戌变法运动产生了重大影响。

康有为将这封上书交工部代呈，工部尚书许应骙迟至3月5日才送达皇帝手中。光绪皇帝读后，被深深打动，坚定了实行变法的决心。他将这一奏折下发总理衙门，交大臣们讨论，同时吩咐以后收到康有为的奏章，不许延误，即日进呈。康有为听到这一消息，受到极大鼓舞，3月12日，又呈递了《上清帝第七书》和他撰写的《俄彼得变政记》。康有为在《俄彼得变政记》中详记俄从弱转强的历史过程，认为俄国改革的成功给中国树立了榜样。中国与俄国有许多相似之处，如：君权最尊，曾被别国削弱等。只要中国像俄国那样帝王奋发有为，实行变法，就一定能很快转弱为强，崛起于东方。不久，康有为将他的另一部著作《日本变政记》呈给光绪皇帝及慈禧太后。《日本变政记》按时间顺序记述日本明治维新的兴起与发展，重点介绍日本政府的变法措施及由来与实行情况。书中康有为还用暗语形式提出了自己对维新运动的看法及变法的具体设想。这部书对光绪皇帝和百日维新产生了很大影响，成为指导新政的一部重要著作。光绪皇帝在康有为鼓动下跃跃欲试，一场伟大的改革运动即将在神州大地卷起万丈狂澜。

拓展阅读

广 仁 报

清光绪二十三年（1897年）康有为在桂林创办的《广仁报》。创刊目的是"今之报刊专以讲明孔德，表彰实学，次及各省新闻、各国政学而善堂美举，会中事焉，即就此义创办报刊定名《广仁报》"。办刊经费由各方捐助。设置的栏目有论说、时事新闻、地方要闻、中西述评、杂谈、短评等。"论说以外患日迫、国事日弱，亟应变法维新，以图挽救"为中心。主笔为赵建扬、曹硕武、龙应申、况任仁、龙朝辅等，均为康有为的弟子。期刊最初每月出两期，后改月刊，"字用木刻，纸用土纸"，线装成册，每份定价两角，戊戌政变后停刊。

拓展阅读

应诏统筹全局折

1898年1月29日，康有为上了《应诏统筹全局折》，即《上清帝第六书》，请求光绪皇帝决定发起戊戌变法。在这篇奏折中，他引述当时波兰、埃及、土耳其、缅甸等国，由于守旧不变，遭到分割或危亡的险境，认为世界各国的趋势，"能变则全，不变则亡；全变则强，小变仍亡"。中国所以面临危亡，就是由于保守旧法不知变革所致。康有为主张推行新政，就要走明治维新的道路，认为明治维新的要义有三个方面：一、大誓群臣以定国是，二、设对策所以征贤才，三、开制度局而定宪法。以此为依据，他请求光绪皇帝尽快做好三件事：

一、在天坛或太庙或乾清门召集群臣，宣

拓展阅读

布维新变法,"诏定国是"。

二、在午门设立"上书所",派御史二人监政,准许人民上书,不得由堂官代递;有"称旨"的,召见察问,量才录用。

三、在内廷设制度局,订立各种新章,下设十二局。

以上第一条是企图依靠皇帝的权力来推行新政,第二条是要使维新派参预政权,第三条是要在上述二者的基础上改革中央政府的行政机构。在《应诏统筹全局折》中,康有为又提出在每道设一民政局,选才督办,准其专折奏事,体制与督抚平等;每县设民政局分局督办,派人员同地方绅士共同管理。他认为,这样可以"内外并举",新政有效。在这次上书中,康有为还涉及派员出国游历,翻译西书,变通科举,制造纸币,收印花税等事项。《应诏统筹全局折》反映了资产阶级维新派政治改革的要求,也是戊戌变法的施政纲领。

百日维新　壮志难酬

随着帝国主义瓜分中国的危机日益严重，朝中臣僚惴惴不安，爱国官员和知识分子们救国的要求更加强烈。面对危难的政局，光绪皇帝的改革决心越来越坚定，变法主张已成弦上之箭。

在这样的形势下，梁启超、麦孟华和康有为的胞弟康广仁等人相继来到北京，康有为如虎添翼。当时正值会试，全国举人再次云集京都，康有为决定利用这一时机，掀起一场推动改革的浪潮。康有为已是政府官员，不便直接出面活动。他让梁、麦等人进行宣传鼓动，联络各省举人一同上书。在麦孟华、梁启超、

百日维新中的光绪皇帝与慈禧太后

光绪皇帝召见康有为

龙应中等康门弟子呼吁下,两广、云贵等省百余举人于3月27日来到督察院请求代递上书,反对政府向俄妥协,割让旅顺、大连。4月初,山东来京的举人告发德国人在年初曾闯入即墨县文庙,砸毁孔子神像,挖去子路像的双目。这一消息引得京师大哗,朝野震怒。康有为更是义愤填膺,痛感如再不行动起来,国亡、种灭的惨剧就会成为现实了!在他的策划下,由麦孟华、林旭、梁启超等12人联合署名写出《请联名上书查办圣像被毁公启》,联络各省举人1 000余人先后上书都察院,请求向德国抗议,查处破坏圣像之人,赔偿一切损失。为了吸引更多的知识分子,形成更集中的力量,共同拯救危难,他联合起各分散的学会,在北京发起成立了"保国会"。康有为起草《保国会章程》，宣布以救国、救民为目的，以保国、保种、保教为宗旨，以讲求内政外交等方面变法事宜为活动内容。成立会上，康有为发表热情洋溢的演说，动员大家共赴国难。保国会成立后，连续几次开会，宣传变法救国，扩大政治影响。

康有为成为爱国运动的中心人物，每日四处奔走，联络会员，赴各处讲演。爱国救亡呼声响彻京城，全国各地纷纷响应。高涨的爱国热潮，又一次引起守旧

慈禧太后像

康有为像

派的恐慌，与维新派展开了新一轮的较量。吏部主事洪嘉与撰写了一篇《驳保国会章程》的文章，逐条批驳保国会的三十条章程，并对康有为大肆进行人身攻击。5月2日，御史潘庆澜上奏，诬蔑康有为成立保国会为聚众不道。守旧官僚随声附和，纷纷上折，恶毒诽谤康有为与保国会。在顽固派掀起的浊流面前，有的人畏葸退缩了，有的人在徘徊观望，也有少数见风使舵的人向维新派杀起了回马枪。由于队伍分化，保国会在无形中解散。但康有为没有被这股恶势力吓倒，他进行了有力的反击,将《保国会章程》全文在外地报纸刊出,让国人了解其宗旨;组织一系列文章,宣传保国会的活动,反驳守旧派的攻击诽谤。保国会的行为得到了光绪皇帝的赞许,他向大臣公开表态,保国是好事,岂可查究?为了防止慈禧太后追问,他将所有参劾保国会的奏折都封存了起来。当御史文悌在守旧大臣指使下弹劾康有为等"任意妄为,遍结言官,把持国是"时,光绪皇帝大怒。指责他受人支使,结党攻讦,沽名钓誉,下令革去其御史官职。

正当斗争形势暧昧不明之时,变法改革反对派的领袖、首席军机大臣恭亲王奕䜣突然病逝,反对派失去了主帅。慈禧太后见人心思变,难以违拗,恐怕不做出点姿态来失掉了民心,也就对光绪皇帝变法的请求采取了模棱两可的态度。6月6日,康有为上《请定国是而明赏罚折》,再次请光绪皇帝下决心变法,以扼制列强对中国的瓜分。这道奏折促使光绪帝下了变法的最后决心。经几番交涉,慈禧太后同意放权,让光绪皇帝进行变法维新。经过长期斗争,康有为的政治理想终于得到了实施的机会。他满心喜悦,对未来充满信心!6月11日,光绪皇帝召见群臣,举行仪式,颁布"明定国是"诏书,正式宣布实行变法维新。诏书一下,举国欢腾,人们热切盼望着改革具体举措的

爱新觉罗·奕䜣像

实施,盼望着古老中华的新生。这一年是农历戊戌年,因此人们称这一变法为"戊戌变法"。

康有为希望成为光绪皇帝的顾问和助手,亲手实施自己的改革方案。在诏书颁布当日,他与侍读学士徐致靖商议,共同拟定了一个请求光绪皇帝破格选用有才的奏折,以徐致靖的名义于13日呈上。奏折中论证了人才在变法中的重要作用,举荐康有为、黄遵宪、谭嗣同、张元济、梁启超等5人参赞新政。这个奏折正中光绪皇帝下怀,他早想把康有为等坚定的维新人士网罗到自己身边，壮大自己的力量。马上下诏，宣布16日召见康有为和张元济，安排其他时间召见谭嗣同等人。就在光绪皇帝等变法派踌躇满志，准备大展宏图之时，反对派的阴谋也在紧锣密鼓地策划。变法当天，慈禧太后一面对变法表示赞成，一面以光绪皇帝的名义任命自己的心腹荣禄为大学士，管理户部，让刚毅改任兵部尚书协办大学士，崇礼任刑部尚书，从而将几个要害部门都控制在自己手中。15日，慈禧太后又强迫光绪皇帝发布三道谕旨：一、以独断专行罪名，革去翁同一切职务，驱逐出京。任命荣禄任直隶总督，统帅北洋三军。二、规定文武二品以上官员，

慈禧太后与其同党极力反对戊戌变法

凡有升调，必须亲自到太后面前谢恩。三、当年秋，自己将奉请慈禧太后到天津检阅北洋三军。这样慈禧太后就翦除了光绪皇帝身边的羽翼，重新掌握了高级官员的任免权，和对京津地区军队的控制权，为日后政变埋下了伏笔。

16日，光绪皇帝在颐和园勤政殿召见康有为，这两位心仪已久的政治家终于见面了。他们面对面地商议改革大计，康有为理解光绪皇帝当时的处境，知道改革事业不能一下子铺开，提议利用现有之权，先择重点，扼要进行。他建议为了不惊动慈禧太后和守旧官员，可以不撤旧衙门，只设新衙门，让元老旧臣保持高官厚禄，拔擢有才干的新人专谋新政。他又提出废除八股取士的旧制度，为国家选拔有真才实学的栋梁之臣。他还特别提醒光绪皇帝在改革过程中，要多以自己名义发布诏书，造成自己的权威，打击保守势力，增强改革派的信心。通过这次谈话，光绪皇帝增进了对康有为的了解，把他看作股肱之臣。接见后，光绪皇帝本欲马上委以重任，可在旧臣们左右下，只能下诏命康有为在总理衙门章京上行走。为了经常听取康有为的意见，特许他专折奏事，不必由总理衙门代递。此后，康有为集中精力编写进呈了《法国变政考》《突厥守旧削弱记》《波兰分灭记》《英国变政记》

颐和园石舫

《德国变政记》《列国政要比较表》等书，为光绪皇帝实施变法提供借鉴。他通过上书形式和光绪皇帝保持着联系，成为维新变法的政治指导者。从光绪皇帝宣布变法，到变法失败的百余天中，他先后起草奏折50余件，数次提出办新式教育、定宪法、开国会、兴办资本主义工商业等改革的具体意见和措施。这些思想和观点不但对百日维新的进行起了重大推动作用，而且对以后中国人思想的解放和社会的变革产生了深远地影响。

荣 禄

荣禄（1834~1903），字仲华，正白旗满洲人，瓜尔佳氏。出身于世代军官家庭，以荫生晋工部员外郎，后任内务府大臣，工部尚书，出为西安将军。因为受到慈禧太后的青睐，留京任步军统领，总理衙门大臣，兵部尚书。

荣禄塑像

袁世凯

袁世凯（1859年9月16日－1916年6月6日），字慰亭，号容庵，河南项城人，故又称袁项城，清末民初的军事和政治人物，北洋系统的领袖。袁世凯出生于清咸丰九年八月二十日（即1859年9月16日）未时。袁家在清道光年间开始兴盛，袁世凯的从叔祖父袁甲三曾署理漕运总督，并参与平定太平天国运动和捻军，为淮军重要将领，为其家族成员如袁世凯等人将来进入仕途打下良好的人脉基础。民国成立，袁世凯当选首任大总统，甚至于1916年称帝，但终归失败。

身陷囹圄　唤醒民众

康有为和光绪皇帝大概都没有料到，变法从一开始就是新旧势力的一场较量。光绪皇帝的每一项改革措施几乎都遭到守旧派的抵制，而且守旧官僚在慈禧太后支持下，也没太把他这个傀儡皇帝放在眼里。由于受制于太后，缺少重臣支持，维新派官员虽热情有余，却缺乏政治经验以及手中没有掌握住强有力的武装力量等原因，改革派实际上一直处于劣势。8月，礼部主事王照上奏，抨击顽固派，请光绪皇帝东游日

康有为铜像

袁世凯像

本。请礼部尚书许应骙、怀塔布代递，许应骙将奏折掷还给王照，拒不代呈。王照上折弹劾许应骙、怀塔布二人，礼部侍郎堃岫仍拒绝代递。在王照指责他有违圣谕，并声称要请都察院代递时，堃岫才勉强同意代送。在送上王照奏折同时，许应骙、怀塔布也上奏诬告王照图谋不轨。光绪皇帝阅过双方奏章，弄清了事情真相，于9月4日下诏革去礼部尚书怀塔布、许应骙，侍郎堃岫、徐会沣、溥颋、曾广汉等6名礼部主要长官之职。表彰王照不畏强暴的勇敢精神，特赏三品顶戴，以四品京官候补。接着又撤掉了李鸿章的

康有为铜像

总理衙门大臣之职。

　　光绪皇帝的这些强硬措施引起了守旧派的恐慌。怀塔布等数十人聚集在慈禧太后周围，哭诉光绪皇帝的"无道"，恳请慈禧太后出来"训政"。慈禧太后不露声色，表面上不同意出来训政，暗地里却指使立山、怀塔布等人前往天津，与手掌重兵的荣禄加强联络，时刻准备发动政变，废黜光绪皇帝，彻底摧毁改革事业。对于守旧派的反扑，光绪皇帝采取了对策。他任命具有一定维新思想的裕禄、李端棻、寿耆、王锡番、徐致靖、萨廉、阔普通式等6人为礼部尚书、侍郎，试图加强改革派的力量。他破格提拔杨锐、刘光第、谭嗣同、林旭四位维新派骨干为军机章京,参预新政。他们4四位虽仅四品官衔,却有实权。

　　凡臣下奏章皆经四人阅览,上谕也由他们拟稿,实际上是用他们将军机大臣架空。光绪皇帝一直想重用康有为、梁启超师徒,因为他们政敌太多,出于策略考虑才选择了杨锐等四人为自己的助手。他们到任后积极协助皇帝,举办新政,做了不少实际工作。

　　康有为也认识到了形势的严重,感到反对派正在

慈禧像

策划着阴谋。他意识到兵权的重要，建议光绪皇帝模仿日本成立参谋本部，直接隶属于皇上，以抓住军权。他还建议迁都以摆脱慈禧太后的控制和旧党的影响。康有为试图说服光绪皇帝在中国改革服饰，剪掉辫子时，京城掀起轩然大波。因为在守旧派看来，辫子是清朝统治的标志，剪掉辫子意味着满清统治的结束。光绪皇帝决定采纳康有为的意见，选集英才数十人，延聘外国专家，开懋勤殿共议制度。康有为与徐致靖、王照等商议，准备推举康有为、梁启超、康广仁、麦孟华、黄遵宪、徐致靖、宋伯鲁等维新派核心人物入懋勤殿，以接近权力中心，参预国家管理。这一举措被顽固派看成夺权的重大步骤。他们在京津地区频繁往来，谋划对策。荣禄与庆亲王等人商量，由庆亲王出面请慈禧太后出来训政。他们在慈禧太后周围，摇唇鼓舌，说光绪皇帝开懋勤殿是为了夺权；与外国使馆联络，是在请求各国支持，以除掉滋禧太后。慈禧太后感到自己权力和地位确实发生了动摇，坚定了推倒光绪皇帝的决心。

9月13日，光绪皇帝到颐和园给慈禧太后请安，准备汇报开懋勤殿之举。慈禧太后一反常态，满面怒气，光绪皇帝产生了不祥的预感。回宫后，他越想越怕，便召杨锐入宫，希望想些办法保全自己，把变法事业进行下去。见杨锐只是说些安慰的话，拿不出什么主意来，光绪皇帝便写了一个密诏，让他与林旭、刘光第、谭嗣同、康有为等人商量出救急的办法。见到密诏后，谭嗣同将康有为拉入卧室，出主意速召袁世凯率兵入京，围颐和园，将慈禧太后软禁起来。康有为经一夜思考，认为这是目前唯一可行的方案。次日，林旭、梁启超等人相商，大家也都认为只有将太后软禁起来，才能阻止守旧派可能发动的政变，保证

康有为塑像

变法事业的进行。当时京津地区驻有三支军队，由董福祥、袁世凯、聂士成分别统领，都归荣禄节制。变法之初，康有为等人就担心保守势力的军事威胁，特别是害怕慈禧太后和荣禄利用天津阅兵之机发动政变，所以一直想抓住一支军队。因为袁世凯曾参加过强学会，又长期派驻朝鲜，通达世界情势，便成为康有为争取的对象。经过试探，他也曾表示过对荣禄的不满和对变法事业的赞成。

9月11日，康有为曾上折保荐袁世凯，请光绪皇帝召见，委以重任，成为与荣禄抗衡的军事力量。16日，光绪皇帝召见袁世凯，授以侍郎候补职。指示袁世凯："以后可与荣禄各办各事"，意味着袁世凯可不听荣禄调遣。康有为等人为此感到高兴。光绪皇帝召袁世凯进京，引起了荣禄的警觉。他马上调聂士成守天津，以切断袁军入京之路，调董福祥军入京，预防政变。同时派人到颐和园，请求慈禧太后训政。

这时北京城内谣言四起，人心惶惶，不时开过的军队更增加了百姓的恐慌。光绪皇帝知道危险就要来临，为了保护维新派的力量，以谋东山再起，他决定让康有为立即离开北京。17日他颁下明诏，催促康有为去上海办官报。第二天，林旭又带来了光绪皇帝写给康有为的密诏。告知命他出京实有不得已之苦衷，

戊戌六君子

让他爱惜身体，准备将来共建大业。康有为读完密诏，深受感动。他急召谭嗣同、梁启超研究应急办法。决定由谭嗣同当晚去见已到京的袁世凯，请他采取紧急措施来救光绪皇帝。当晚夜深人静之时，谭嗣同只身来见袁世凯。谭嗣同请袁世凯屏退左右，取出光绪皇帝写给他们几人的密诏让袁世凯看。然后说："今有救皇上的，只有您，您如果想救，请马上去救！"稍停片刻，谭一字一顿地说："您如果不想救，可以到颐和园告密，把我杀死，求取富贵。"袁世凯当场表示：受皇上深恩厚泽，一定尽力报效。谭嗣同见袁世凯如此，便向他说："万一荣禄在天津阅兵时实行兵变，请您一定用武力保护皇上，肃清叛臣。"袁世凯慷慨激昂，表示如果变起，杀荣禄就如同杀死一条狗。谭嗣同见袁世凯态度坚决，倍感放心，与袁世凯详细商量了救援具体方案。康有为得知谭嗣同访袁世凯经过后，心中得到一丝安慰。20日清晨，他按照皇帝旨意，乘火车离开了北京。

康有为离京后，北京城风云突变。光绪皇帝调袁世凯之事，使慈禧太后相信光绪皇帝这个一贯俯首帖耳的"儿子"确有发动政变的意向。她和荣禄采取了一系列的调兵遣将措施，以备不测。光绪皇帝定于20日接见日本前首相伊藤博文的消息，促使她下了夺回权力，再出"训政"的最后决心。原来，伊藤博文是日本明治维新的功臣，退休后到中国游览。康有为听说后，即邀请他来京，建议请他做变法的顾问。一些朝臣也上奏请聘伊藤博文为"客卿"，参预新政。过于敏感的守旧派把接见伊藤博文看作光绪皇帝发动最后进攻的信号，他们相信光绪皇帝将让伊藤博文进军机处，掌大权，对他们下手。慈禧太后于19日晚，回到紫禁城，开始控制大局。守旧派为推进政变，由杨崇伊将早已拟好的请太后训政的奏折呈上,各守旧大臣一齐恳请慈禧太后复出。慈禧太后见时机成熟,再次垂帘听政,重新登上最高统治者的宝座。21日,慈禧太后以光绪皇帝的名义,颁布请太后训政的诏书,正式接管了政权。维新志士苦心经营的变法事业,经历百余日惊心动魄的斗争,至此正式落下帷幕,以失败而告结束。

袁世凯18日夜向谭嗣同表态后,思想处于激烈的矛盾斗争中,他一方面确实想报效皇上,借机建功立业;另一方面又深感守旧势力强大,恐怕自己以卵击石,碰得头破血流。经再三考虑,他想还是看看风头再说。20日,再一次被光绪皇帝召见后,他感到形势已经逆转,在回天津的火车上,做出反戈一击的决定。当晚一下火车,他急忙赶到荣禄的衙门,将谭嗣同等人的计划全盘托出。这一来,不但维新派失去了挽救局面的最后机会,而且使顽固派抓住了反攻倒算的把柄。

慈禧太后发动宫廷政变后,立即发布了逮捕康有为等维新党人的通缉令。并派兵包围南海会馆,将正在会馆的康广仁和康有为的学生程大璋、钱维骥等人逮捕。数千清兵在京城搜查了一天,也没有找到康有为。21日晚,慈禧太后得知康有为还没有抓到,十分生气。命在全国严密查拿，通告各地官员康有为进药毒死皇帝，一旦抓获，立即就地正法。其时，康有为已在天津搭上英商太古公司的"重庆号"轮船，正在去上海的途中。他还不知道这一系列事变。荣禄在天津通过旅馆查到了康有为的去向，马上派一快艇追赶"重庆号"，但因快艇燃料不足，只好中途返航。船到烟台时，又因密码被人带走无法译出密电内容，而让康有为偶然走脱。船将到上海时，情况大不一样。地方官员早已布好罗网，等待着康有为所乘的轮船。这时，英国驻上海总领事白利南收到了英国传教士李提摩太请求援救康有为的电报。征得英政府同意后，他派上海工部局职员濮兰德乘一艘驳船，在吴淞口外拦住"重庆号"，用通缉使用的照片找到了康有为。这时康有为才知道变法已失败的确切消息，不禁悲从中来。听说光绪皇帝已死，他顿感万念俱灰，欲投海自尽。在人们劝慰下，他随濮兰德乘驳船登上停在吴淞口外的英国轮船公司的"巴拉勒特号"轮船。27日，在英国炮舰护送下，乘"巴拉勒特号"轮船转赴香港。

　　10月1日，下令将康有为的所有书籍版片，由各地方官严查销毁，又命两广总督督饬地方官查抄康梁原籍财产，捉拿家属。幸亏他们早有准备，在康有为学生的掩护下，逃至安全地带。及至清政府迫害康有为家属的命令传到南海，他们已经转移，这才免遭灭门之灾。慈禧太后剥夺了光绪皇帝的一切权力，将他囚禁于瀛台。他变法时的施政文件都被太后没收，作为向维新派清算的依据。凡与新政有关的官员，或对新政表示过赞同的人，都受到不同程度的迫害。他们或被革职，或被降级，或被通缉，或被逮捕，或被流放，或被杀害，弄得人人自危，朝不保夕。礼部尚书李端棻因保荐康有为、同情新政，被清政府革职，发

刘光第头像

往新疆，交地方官严加管束，以示惩儆。湖南巡抚陈宝箴因保荐康等维新人士，被清政府革职，永不叙用。清政府在追捕康有为的同时，逮捕了一些北京及各地的维新派人士。谭嗣同、林旭、杨锐、刘光第、杨深秀、徐致靖、宋伯鲁、张荫桓等人先后身陷囹圄。梁启超因赴日本领事馆请求救援康有为，而被日本领事馆保护起来。谭嗣同本有可能脱险，但他抱定必死之心，决心用自己的鲜血唤醒民众，放弃了求生的机会。9月28日，谭嗣同、林旭、刘光第、杨深秀、杨锐、康广仁等六位维新志士在未经任何审讯的情况下，被清政府杀害于北京菜市口。

腐朽反动的清朝统治者，以血腥手段残酷镇压了这一次爱国运动。他们不会懂得这个暂时的胜利，正是他们为自掘坟墓而挖下的第一锹土。资产阶级救亡图强运动没有因他们的镇压而消歇，反倒兴起了更加汹涌的波澜，终于将清朝封建政权卷入了历史的垃圾堆。"血沃中原肥劲草，寒凝大地发春华"，烈士们的鲜血，浇灌了新生思想的幼苗，最终长成根深叶茂的参天大树，刺破了阴云密布的苍天。

流亡海外　自强不息

9月29日，康有为到达香港，在港英当局保护下，暂时没遇到生命危险。这时，北京的维新党人受迫害的坏消息一个接一个地传来，他的精神受到极大打击。但光绪皇帝仍活着的消息，使他燃起了救亡的一线希望。他决心只要一息尚存，就要为维新事业奔走呼号。在记者招待会上，他揭露以慈禧太后为代表的清王朝的腐朽，宣传自己的维新主张。他把皇帝密诏作为宣

康有为在海外

康有为故居

传工具，以皇帝密使的身份给各国驻华公使写信，请求他们联合出面干涉慈禧政权，还政于光绪皇帝。

到香港后，他致电日本驻华公使，请求保护。不久，日本首相同意康有为到日本避难，由日政府给予保护。10月19日，他乘日轮离港赴日本。25日，他抵达东京，与先期到达的学生梁启超见面。虽然分别只有月余，师生历经大难，重新聚首，都有隔世之感。到日本后，他马上让梁启超与日本首相大隈重信的代表会谈，寻求支持。梁启超提出请日政府与英、美等国联合干预，迫使慈禧太后交出政权，让光绪皇帝复位。他们不明白各资本主义国家虽然同情他们的政治主张，愿意保护他们的人身安全，却不愿因中国政局的变化，损害他们的在华利益。所以他们对康有为、梁启超的请求没有予以明确的答复。此时，清政府就保护康有为问题向日本政府频频交涉，日本一些政客和军人也向政府施加压力。在一些友人的周旋下，日外务省资助9 000元活动经费，请康有为转赴他国。在日本活动了几个月，没取得什么积极成果，让康有为感到焦躁。他也正在考虑去欧美各国活动，于是在1899年3月22日，乘船离开日本。

4月初，康有为一行抵达加拿大维多利亚。上岸

康有为画像

时，受到等候多日的华侨们的热烈欢迎。接着，华侨又在中华会馆举行上千人的欢迎大会。康有为作为一个为中华之崛起而奋斗的英雄，受到热切希望中国早日富强的华侨们的尊崇和礼遇。所到之处，都为他安排了盛大的欢迎仪式。成千华侨簇拥着他，听他那热情洋溢的讲话，每个人胸中都激荡着爱国豪情。从加拿大，他横渡大西洋来到英国，请求英国政府出兵推翻慈禧太后的统治，遭到拒绝。至此，他感化资本主义国家出兵救皇上、救中国的梦想彻底破灭了。不论遇到什么艰难险阻，康有为是决不退缩的人。他见乞求列强的路行不通，便另辟蹊径，决定发动华侨，形成一支海外的坚强改良群体。他回到加拿大，与华侨李福基、冯秀石等人商议成立一个组织，起初命名为保商会，因为华侨中十有八九是商人。后有人提议，既然只有保皇才可以保国，保国才能保侨，不如取名保皇会更好。这个提议正合康有为的心意，也得到了大家的赞成。7月20日，保皇会正式成立。以康有为为总会长，梁启超、徐勤为副总会长，下设协理、干事、书记等员若干。总部设在澳门，在美洲、南洋、日本等地各设总会。保皇会章程规定："以保全中国为主"，"以救皇上，以变法救中国救黄种为主"。康有为把保皇与变法、保国联系在一起，得到了广大华侨的认同，产生了很大号召力。当时在海外，康有为一派的名声远在革命党人之上。经过努力，这个团体得到迅速发展，两年间，共建总会11个，支会103个，会员达100多万人，分布于世界200余个城市。在发动华侨参加爱国运动方面，保皇会起了重大作用。

这年10月，康有为因母亲在香港病重从经日本返回香港。这时清政府也在积极行动，寻找机会对他行刺。一天夜里，一个刺客趁天黑窜进康有为所住的院子，被正在楼下谈话的唐才常等人发现后，狼狈逃窜。刺客又买下康有为邻居的房子，在下面挖地道。想在康有为居室下埋炸药，炸死康有为。后被发觉，这个阴谋才没有得逞。恐怖的环境使康有为和家人日夜不安。他应新加坡著名华侨领袖邱菽园的邀请，于1900年1月下旬离开香港，前往新加坡。在那里，接受英国政府的保护。

保皇会成立后，康有为就开始策划用武力推翻慈禧太后统治，拥戴光绪皇帝复辟。他派唐才常回国，联络长江沿岸哥老会起兵。1899年末，唐才常来到上海，成立正气会，号召海内外仁人志士共举大事。不久，他将正气会改名为自立会，筹备组织自立军，发动起义。康有为以忠君勤王名义，在海外筹集经费，支持自立军的活动。康有为除通过唐才常等人组织自

立军在长江流域起义外,还指示弟子徐勤等在广西、湖南等地起兵以造成合兵共捣京师之势。

义和团在北方兴起,康有为认为是起兵的大好时机,对广西起义做了详细安排。此时,唐才常的活动也卓有成效。7月26日,他在上海召集各界名流开会,成立中国国会,以清光绪皇帝复辟,创造新的自立国为宗旨。国会召开后,唐才常将自立军分为五路,定于8月9日在汉口、汉阳、安徽、江西、湖南同时举义。可是,由于康有为、梁启超所筹经费迟迟不能到位,起义时间不得不一拖再拖。自立军发动前,唐才常曾以学生名义联络湖广总督张之洞,请他脱离清政府,宣布独立。张之洞起初持观望态度,后来见列强并不支持保皇党,便采取行动,于8月22日派兵包围

康有为故居

自立军总部，逮捕了唐才常、林圭等30余自立军骨干。当晚将唐才常等22人杀害。随后，广西等地起义也告失败。康有为用武力拥戴皇上的企图至此破灭。

　　康有为除忠君救国的谋划外，还进行了一系列思想启蒙活动。他领导保皇会在世界各地创办了大量报刊，开启民智，进行启蒙思想的宣传，对国人及华侨的思想觉醒，起了很大促进作用。他大力向华侨们宣传教育的重要，鼓励人们创办学校，发展教育。在他的倡导下，海外华侨兴起了发展教育风气，推动了华侨人才的培养。为使国家富强起来，他还大力提倡兴办实业。1903年，他发起成立中国商务公司，计划兴办五金、矿产、轮船、铁路、银行等。这个商务公司先后在国内外办起了十余家企业，后因不善经营、人员复杂等原因，都没有取得很大成功。1927年3月29日，康有为在青岛参加广东同乡为他举行的宴会。席间，觉腹部疼痛难忍，经医生诊断为食物中毒。治疗后，病情有所缓解。31日凌晨5时30分，因毒性紧急发作，与世长辞。在70年的人生旅程中，这位巨人背负重任，艰难跋涉，从未停止过探索的脚步。怀着人类大同的崇高理想，带着对中国前途的满腹忧虑，他离开了人间。他不能也不必为中国向何处去而操劳了！可是，此后中国的沧桑巨变，难道没有深深刻着他终

身奋斗的印记吗？中华民族的历史丰碑上会永远镌刻三个辉煌的大字——康有为！

康有为像

拓展阅读

戊戌六君子

戊戌六君子是指中国历史上清朝光绪二十四年（1898年，农历戊戌年）由于戊戌变法失败而被慈禧太后杀死的六个主要参与者。他们是谭嗣同、林旭、杨锐、杨深秀、刘光第、康广仁。1898年9月21日，慈禧太后发动政变，囚禁了光绪皇帝，同时逮捕了这六人。9月28日，戊戌六君子在北京菜市口被杀。

拓展阅读

洋 务 派

洋务派是在第二次鸦片战争以后、特别是在镇压太平天国运动的过程中逐渐形成、壮大的统治阶级内部的一个政治派别。当时洋务派的主要代表在中央是以奕䜣、文祥为代表的满族官员,在地方是以曾国藩、李鸿章、左宗棠、张之洞为代表的汉族官员。洋务派发动洋务运动的根本是为了拯救清王朝,维护地主阶级的统治。走的是一条"实业兴国"之路。但是,事实并没有像他们期望的那样发展。中日甲午战争中中国遭到了惨败,直接标志着洋务运动的破产。洋务运动并没有使中国富裕强大起来。更重要的是,洋务派培养的一批近代人才,学习了西方先进的资产阶级思想,而且把这些思想进一步在中国传播,这不仅冲击了传统的封建思想,而且为以后中国资产阶级的活动,如康有为、梁启超等组织进行的维新变法、孙中山先生领导的辛亥革命奠定了思想基础,而中国的资产阶级最后是推翻了清王朝的统治。因此可以说,洋务派培养的这批人才实际是清王朝的掘墓者。

张之洞像

拓展阅读

维 新 派

维新派是活动于19世纪90年代的中国资产阶级政治派别之一。以康有为、严复、梁启超、谭嗣同等为主要代表。因受中日甲午战争以后民族危机严重的刺激,主张变法维新,救亡图存,振兴国家而得名。他们提倡资产阶级新文化,变君主专制为君主立宪。积极从事变法的理论宣传和组织活动,先后在北京、上海、湖南等地建立强学会、时务学堂、南学会。

康有为与梁启超

拓展阅读

康广仁

康广仁（1867—1898）名有溥，字广仁，号幼博。广东南海人。康有为胞弟。自少鄙弃八股科考，认为国家弱亡皆由八股锢塞人才所致。曾纳赀为小吏，深感官场黑暗，挂冠而归。向美国人嘉约翰学西医，计划在上海创设医学堂，未成。1897年（光绪二十三年）2月和徐勤等在澳门创办《知新报》，宣传维新变法。后到上海倡设女学堂。和梁启超、谭嗣同等发起成立戒缠足会，创设大同译书局，出版康有为、梁启超等人的著作。1898年春挟金赴京，协助康有为开展维新运动。由于看到顽固守旧势力强大，变法难以进行，屡劝康有为离京南归，收徒讲学，培养维新人才，待机变法。戊戌政变时被捕，在狱中说："若死而中国能强，死亦何妨！"从容就义。

中华魂·百部爱国故事丛书
提　　要

《誓与禁烟相始终——民族英雄林则徐》
　　林则徐严禁鸦片，坚决抵抗西方列强的侵略，坚持维护国家主权和民族利益。他是中国近代历史上第一位睁眼看世界的人，是抗击帝国主义殖民侵略的第一人，是中华民族抵御外侮过程中伟大的民族英雄。

《血洒虎门御敌寇——抗英将军关天培》
　　民族英雄关天培，在第一次鸦片战争中为了抗击英国侵略者的入侵而血洒虎门，为国捐躯，谱写了一曲可歌可泣的英雄赞歌。关天培用他的生命，书写了中国人民反抗外侮的历史。

《威震镇海靖节魂——抗敌英雄裕谦》
　　在第一次鸦片战争期间的众多牺牲者中，有一位官阶最高，他就是两江总督裕谦。裕谦与外国侵略者斗争立场坚定，与国内妥协派、投降派斗争态度坚决。裕谦督战镇海，与英国侵略军浴血奋战，临危不惧，以身报国，浩气长存。

《斩邪留正解民悬——太平天国领袖洪秀全》
　　农民出身的洪秀全，从失意文人到起义领袖，经历了长期的思想演变过程，在外敌入侵、清朝政府腐朽的历史环境之下，顺应时代的潮流，成长为一位非凡的历史英雄人物，建立了与清朝政府相抗衡的农民政权——太平天国。

《仰承汉唐　荟萃中外——近代数学家李善兰》

　　李善兰是我国19世纪重要的科学家之一，在数学、天文学、力学等方面都有重大建树。他继承了我国古代数学的成就，又以极大的热情传播西方科学文化，"仰承汉唐，荟萃中外"，把自己的一生献给了科学事业。

《严谨治学　勇于探索——近代著名数学家华蘅芳》

　　华蘅芳，中国近代数学家之一。其精通中国古算学，并熟练掌握西方近代数学，是中国验证抛物线并著书立说的参与者。为了证明"外国有的，中国也能造"而鞠躬尽瘁，在引进西方科学技术、传播科学知识上贡献卓著。

《折冲樽俎护山河——近代著名外交家曾纪泽》

　　曾纪泽是中国近代史上著名的爱国外交家，在中俄伊犁交涉事件中，他秉承抵抗列强、保卫国家的坚定意志，利用外交手段全力同沙俄抗争，捍卫了国家主权、民族尊严，收回了祖国的领土，在近代中国外交史上留下了光辉的一页。

《甲午海战留英名——民族英雄邓世昌》

　　邓世昌，北洋水师名将。本书以邓世昌的成长过程为线索，以代表性的历史故事为主要内容，还原真实的历史事件，突出鲜明的人物性格。邓世昌因在中日甲午海战中突出的英雄气概而名垂史册，书写了伟大的爱国主义篇章。

《誓与舰队共存亡——北洋水师提督丁汝昌》

　　丁汝昌处在清朝政府的腐朽和李鸿章的专断下，难以施展爱国的抱负，壮志未酬，愤恨而终。但丁汝昌为建立近代海军作出的巨大贡献，带领北洋舰队爱国官兵勇抗强敌的英雄事迹，将永远为后代所传颂。

《镇南关上凯歌扬——抗法老英雄冯子材》

　　1885年中法战争中，年逾古稀的冯子材为抵御外国侵略，勇赴国难,大败法军于镇南关,并乘胜追击,接连收复文渊、谅山等地,从根本上扭转了中法战争的局面,成为近代民族英雄的杰出代表。

《屡败法军逞英豪——黑旗军将领刘永福》

刘永福是黑旗军的创建者,是农民出身的杰出军事家、政治活动家。在19世纪发生的援越抗法、中法战争中,他率部与帝国主义侵略者进行了殊死的战斗,建立了卓越的功勋,成为我国近代史上著名的民族英雄,为后世所景仰。

《矢志变法强国家——戊戌变法领袖康有为》

康有为是清末民初最有影响力的思想家之一。他领导了中国知识界的启蒙运动,掀起了一场自上而下的政体改革。他最早在中国提出了立宪政体和具体的宪政方案,主张在坚持儒家传统和帝制的前提下,学习西方经验,他的进步思想对近代中国具有深远的影响。

《开民智以报国 普新知而图强——戊戌变法思想家梁启超》

梁启超,中国近代史上著名的政治活动家、启蒙思想家、史学家、文学家,戊戌变法领袖之一。本书以百日维新思想家梁启超的成长过程为线索,以代表性的历史故事为主要内容,还原真实的历史事件,突出鲜明的人物性格。

《我自横刀向天笑——维新志士谭嗣同》

谭嗣同在民族危机的严重时刻,投身改革救中国的洪流。为了带给祖国一个光明的未来,紧要关头,他挺身而出,用自己的鲜血激励后人,把宝贵的生命献给了变法事业。

《睡乡敢遣警世钟——用生命警策国人的陈天华》

陈天华是民主革命的活动家和宣传家。他写的《猛回头》《警世钟》等书,起到了革命启蒙的重大作用。为了激发留日学生的爱国情怀,他不惜投海自杀,演出了近代史上感人至深的一幕,给后人留下了难忘的印象。

《革命军中马前卒——民主斗士邹容》

革命乃"至尊极高,独一无二,伟大绝伦之一目的";它是"天演之公例,世界之公理,顺乎天而应乎人"的伟大行动。因此,必须"仗义群兴革命军"。他激情高呼:"革命独子万岁!中华共和国万岁!"这就是《革命军》的作者,中国近代著名资产阶级革命宣传家邹容。

《休言女子非英物——鉴湖女侠秋瑾》

为民族解放和妇女解放而英勇斗争的秋瑾,冲破封建礼教的思想牢笼,打碎封建精神枷锁,崇仰真理,追求光明,主张共和,坚持男女平等,最终献出了自己年轻的生命。

《血溅校场 杀身成仁——民主斗士徐锡麟》

本书讲述了反清志士徐锡麟弃文从武、投身反清革命事业,最终被清政府杀害的故事。出于对国家的热爱,徐锡麟献出自己的生命,他的事迹将永远激励后人深切缅怀这位民主革命的先驱。

《生可死耳 我志长存——献身民主的禹之谟》

禹之谟,民主革命党人,同盟会会员,近代资产阶级革命家、实业家。1886年,20岁的禹之谟"提三尺剑,挟一卷书"游历四方,研究西方社会政治学说,忧国忧民之心日趋强烈。戊戌变法失败,他丢掉改良幻想,倡革命救亡之说,走上民主革命道路。

《物竞天择 适者生存——资产阶级启蒙思想家严复》

严复是中国近代著名的启蒙思想家、翻译家和教育家。他长期从事教育和翻译事业,为近代中国人才培养和思想启蒙做出了重要贡献,同时他也为中国的翻译事业和中西思想文化交流做出了重要贡献。

《辛亥革命急先锋——资产阶级革命家黄兴》

黄兴,清末民初资产阶级革命家,中华民国开国元勋。黄兴在武昌首义及辛亥革命时期的爱国表现,与孙中山闻名于当时,常被时人以"孙黄"并称。本书以资产阶级革命活动实干家黄兴的成长过程为线索,歌颂了先辈伟大的爱国主义精神。

《矢志革命 百折不回——近代民主革命家廖仲恺》

廖仲恺追随孙中山踏上了创立民国与捍卫共和制的旧民主主义革命

之路；在新民主主义革命时期，他为建立、巩固首次国共合作和实施三大政策，英勇奋斗，为国殉职，洒尽了一腔热血。

《将军拔剑南天起——护国英雄蔡锷》

蔡锷是中国近代史上的杰出军事家、爱国者。他的一生短暂而伟大。辛亥革命爆发，他毅然投身于革命洪流之中，领导云南重九起义，对武昌起义积极响应。袁世凯窃国复辟、恢复帝制的阴谋暴露出来以后，他又毅然举起了武装讨袁的旗帜。

《反帝反封建运动——五四青年的爱国故事》

五四运动是一次伟大的反帝反封建的爱国运动；是一个伟大的历史转折点；是中国人民的斗争从挫折走向胜利的一个关节点，它为中国的前进开辟了一条全新的道路，拉开了中国新民主主义革命的序幕。

《思想自由　兼容并包——著名教育家蔡元培》

蔡元培是中国近现代著名的民主革命家和教育家，一生经历风雨，却始终信守爱国和民主的政治理念，致力于废除封建主义的教育制度，奠定了我国新式教育制度的基础，为我国教育、文化、科学事业的发展做出了富有开创性的贡献。

《为国家争光　为民族争气——中国铁路之父詹天佑》

詹天佑是我国最早的杰出铁道工程师，因主持建造京张铁路而闻名中外，被誉为"中国铁路之父"。他为祖国的铁路事业贡献了毕生的精力。本书向读者展示了詹天佑热爱祖国、科技兴国的辉煌人生。

《实业救国　衣被天下——轻工之父张謇》

张謇是爱国实业家、教育家。他年轻时中过状元。过了40岁，开始投身工商实业活动中，他的名言是"富民强国之本在于工"。在南通，创办大生丝厂、银行等各种实业。并将创办实业的大部分所得投入教育。他的观点是，教育和实业一样，也是"富强之大本"。

《心向革命　追求光明——平民将军冯玉祥》

冯玉祥将军"是一位从旧军人转变而成的坚定的民主主义战士"。

抗日战争期间，他辗转各地，用实际行动积极抗战。日本战败投降后，他为了断绝美国的援蒋内战，又在美国四处演说，揭露蒋介石统治之黑暗，痛斥美国阴谋分裂中国的不良行为。

《刑场上的婚礼——革命烈士周文雍　陈铁军》

周文雍是广州起义的主要领导人之一。陈铁军出身于华侨商人家庭，却毅然投身革命洪流。1928年1月，两人接受派遣，回到广州假扮夫妻从事革命斗争，却不幸被捕。临刑前，两位烈士将敌人的枪声当作自己婚礼的礼炮，用生命和爱情谱写出一曲千古绝唱。

《星星之火　可以燎原——井冈山斗争的故事》

1927—1929年，毛泽东、朱德等老一辈革命家，在井冈山创建了农村革命根据地，进行了艰苦卓绝的斗争，建立了新型革命武装，点燃了工农武装革命之火，找到了农村包围城市最后夺取政权的中国革命的正确道路。

《新民学会的主要发起人——中国共产党早期革命家蔡和森》

蔡和森青年时期曾与毛泽东等人一起组织进步团体新民学会，参加五四运动，并在赴法国勤工俭学时研读大量马克思主义著作，回国后以满腔热忱投身革命事业，成为中国共产党早期重要的理论家和宣传家。

《威震黄浦江畔　高奏抗日壮歌——一·二八淞沪抗战》

面对日本侵略者的挑衅，十九路军在蒋光鼐、蔡廷锴的带领下，高举义旗，奋力一搏。一·二八淞沪抗战，是中国军人捍卫军人荣誉和祖国尊严所发出的吼声，谱写了一曲抗击日军侵略的英雄壮歌。

《将军恨不抗日死——慷慨就义的吉鸿昌》

在国难深重的20世纪30年代，吉鸿昌将军因拒绝执行国民党指示，坚决不打内战，被迫携眷出国"考察"。回国后，他加入中国共产党，组织了民众抗日同盟军，英勇打击日本侵略者，后于1934年11月被国民党反动派杀害。

《献身革命　甘于清贫——梅岭忠魂方志敏》

大革命失败后，方志敏凭着"两条半步枪"起家，身经百战，创建了赣东北革命根据地和红十军。本书真实记录了方志敏投身于革命、领导红军和敌人进行艰苦卓绝斗争的经历，歌颂了烈士贫贱不移、威武不屈、献身革命的高尚品质。

《奏响中华最强音——人民音乐家聂耳》

聂耳在他有限的生命中创作了数十首革命歌曲，在抗日救亡运动中，聂耳的这些歌曲产生了广泛深远的影响。他的音乐创作为中国无产阶级革命音乐的发展指明了方向，树立了榜样。

《横眉冷对千夫指——中国文化革命主将鲁迅》

鲁迅不但是伟大的文学家，而且是伟大的思想家和伟大的革命家。在那风雨如晦的黑暗年代里，他以笔为投枪，同一切帝国主义和反动派进行了顽强的战斗，为中国人民树立了一个不朽的丰碑。他是新文化战线上的一面光辉旗帜，是我们伟大民族的灵魂。

《铁流两万五千里——红军长征的故事》

红军长征是人类历史上的一次伟大的壮举。第五次反"围剿"失败后，中国工农红军的三大主力在极端艰难的条件下，突破国民党军队的围追堵截，进行了史无前例的战略大转移，总行程达两万五千里以上。途中发生了许多动人故事，至今令人难以忘怀。

《荣辱不移革命志——创建陕北红军的刘志丹》

刘志丹是杰出的无产阶级革命家、军事家，西北红军和西北革命根据地的主要创始人之一。他一生热爱人民，追求真理，英勇善战，百折不挠，艰苦奋斗，忠心赤胆，为创建红军和革命根据地、为中国人民的解放事业建立了不可磨灭的功勋。

《英名永存北平城——爱国将领佟麟阁　赵登禹》

1937年7月28日，日军向北平郊区发动进攻。第二十九军副军长佟麟阁奉命在南苑率部与日军苦战，腿部受伤，头部被敌机炸伤，壮烈殉国。第一三二师师长赵登禹指挥部队顽强抵抗日军，右臂中弹负伤，仍继续作战。后在转移途中遭日军截击而牺牲。

《八百壮士　四行仓库铸军魂——谢晋元和他的战友们》

八一三抗战，中国军人以血肉之躯揭开全面抗战的帷幕。这是一场血战，是中国军人不屈不挠的英雄诗篇，其中的八百壮士守四行，成为这首英雄颂歌中最动人、最凄美的音符。一曲四行保卫战，铸就了不屈的军魂。

《八女投江　气贯长虹——八位抗联女战士》

抗日战争时期，以冷云为首的东北抗日联军8名女战士，为捍卫民族尊严，面对凶残的日寇，镇定自若，宁死不屈，投江殉国，表现了中华民族同敌人血战到底的英雄气概。她们的光辉形象，激励着千千万万的后来人。

《艰苦抗战　威震敌胆——著名抗日英雄杨靖宇》

杨靖宇将军是我国著名的抗日民族英雄。曾先后担任磐石游击队政治委员、东北抗日联军第一军军长兼政委、抗联军总司令等职。领导军民对日寇坚持了长达9个年头的艰苦卓绝的斗争，最终以身殉国。

《死也不当亡国奴——镜泊抗日英雄陈翰章》

陈翰章，从1932年8月投笔从戎，直到1940年12月8日为抗击日本侵略者，战死在镜泊湖畔。他在抗日疆场上奋战了九年，他那可歌可泣的英雄事迹将为人们永世传颂。

《名将殉国　气壮山河——抗日将军张自忠》

著名抗日将领、民族英雄张自忠，生于忧患的时代，抱有"宁为百夫长，胜作一书生"的志向，经历过失败与低谷，最终成就了慷慨人生。本书主要以人物活动为主，勾画出一个真正的"民族魂"鲜活的人生，会带给读者振奋的力量。

《宁死不辱战士名——狼牙山五壮士》

1941年日寇在河北易县"扫荡"。为掩护群众和主力部队撤退，五位八路军战士毅然把敌人引上了狼牙山棋盘坨峰顶绝路。弹尽粮绝、无路可退，五位英雄纵身跳下了万丈悬崖，用生命和鲜血谱写出一曲惊天地泣鬼神的壮举。

《太行浩气传千古——抗日名将左权》

左权，中国工农红军和八路军高级指挥员，著名军事家。是八路军在抗日战场上牺牲的最高指挥员。名将阵亡，太行山为之垂首，全党为之悲痛。周恩来称他"足以为党之模范"，朱德赞誉他是"中国军事界不可多得的人才"。

《虎将兴关外 抗倭统雄师——抗联英雄赵尚志》

本书描写了久经考验的共产党员、东北抗联的创建者和主要领导人赵尚志，在艰苦卓绝的条件下，坚持抗战，威震敌胆，战功卓著，忍辱负重，忠贞不屈，为国捐躯的英雄故事，为青少年读者呈上一部爱国主义的佳作。

《黄埔之英 民族之雄——抗日名将戴安澜》

抗日名将戴安澜，先后参加保定、漕河、台儿庄、武汉、昆仑关等战役，作战英勇，屡建奇功；入缅作战，"扬威国外，藉伸正义"；守东瓜，复棠吉；殉身缅北，遗恨丛林，马革裹尸，成就了光辉的一生。

《爱国志士 民主先锋——新闻出版家邹韬奋》

本书讲述了邹韬奋献身新闻出版事业的奋斗历程，展现了一位新闻工作者坚定的革命信念和炽热的爱国主义精神，全心全意为人民服务、为读者服务的奉献精神，歌颂了他的高尚情操和优良品质。

《为抗战发出怒吼——人民音乐家冼星海》

人民音乐家冼星海，青年时期在巴黎求学，饱尝屈辱与磨难；学成后毅然回到多灾多难的祖国，用满腔热忱谱写激昂的音乐，鼓舞中华儿女的斗志；奔赴延安，谱写出不朽的名作《黄河大合唱》，发出中华民族抗日救亡的怒吼。

《全民皆兵　抗击日寇——抗日战争的故事》

中国人民进行的十四年抗战，是一百多年来中国人民反对外敌入侵第一次取得完全胜利的民族解放战争。这场战争是以国共两党合作为基础，有社会各界、各族人民、各民主党派、抗日团体、社会各阶层爱国人士和海外侨胞广泛参加的全民族抗战。

《捧着一颗心来　不带半根草去——人民教育家陶行知》

陶行知是我国现代教育史上伟大的人民教育家、教育思想家。他从青年起就立志献身教育事业，以"捧着一颗心来，不带半根草去"的赤子之心，为人民的教育事业鞠躬尽瘁。

《为民主与和平拍案而起——民主斗士闻一多》

闻一多早年与梁实秋等人发起成立清华文学社。赴美留学期间由对祖国的深深眷恋而创作著名的《七子之歌》。后在西南联大任教8年，积极投身于抗日运动和争取民主的斗争，发表了著名的《最后一次讲演》。

《铁窗难锁钢铁心——革命先烈王若飞》

王若飞是我党早期杰出的无产阶级革命家。在艰苦卓绝的斗争中，他出生入死，屡建奇功，以超人的睿智和胆略，在敌人的监狱中，同敌人展开了殊死的较量，为抗战的胜利和新中国的诞生做出了卓越的贡献。

《横扫千军　还我河山——抗联名将李兆麟》

李兆麟是东北抗日联军创建人之一，他率领抗日联军历尽千难万险与日本侵略者浴血奋战，在极其艰苦的条件下，保存了抗日联军的有生力量，为东北光复做出了重大贡献。

《锄头开出新天地——解放区大生产运动》

为了解决困难，渡过难关，党中央号召党政军民齐动手，开展大生产运动。中国共产党在其控制区域内发动的一场军队屯田和鼓励生产的群众运动，达到了自己动手丰衣足食，共度难关，既进行革命又进行生产自足的目的。

《生的伟大 死的光荣——女英雄刘胡兰》

刘胡兰，坚贞不屈的少年女英雄。生前对我国劳动人民的解放事业无限忠诚，在敌人威胁面前，大义凛然，毫无惧色，英勇牺牲，表现了共产党员的高贵品质。

《饿死不领美国救济粮——爱国知识分子的楷模朱自清》

朱自清作为爱国知识分子的典型，以锐利的笔锋直言痛斥反动政府的暴行，体现了他崇高的爱国情怀和不畏恶势力的精神品格。毛泽东曾给朱自清先生以高度评价："一身重病，宁可饿死，不领美国的'救济粮'"，"表现了我们民族的英雄气概"。

《为了新中国前进——舍身炸碉堡的董存瑞》

伟大的英雄，中国人民的儿子董存瑞，从儿童团长成长为一名光荣的解放军战士，在1948年解放隆化县城时，舍身炸碉堡，为新中国献出了自己年轻的生命。他的英雄形象永远留在人民心里。

《宁死不屈的共产党员——革命烈士江竹筠》

江竹筠，就是著名的江姐。1947年春，她负责《挺进报》工作，只几个月的时间，报纸就发行到1600多份，引起了敌人的极大恐慌。由于叛徒出卖，江姐不幸被捕，惨遭毒刑的残酷折磨，仍坚贞不屈。最后被特务秘密枪杀，年仅29岁。

《抗美援朝 保家卫国——志愿军的战斗故事》

抗美援朝战争是中国人民志愿军为援助朝鲜人民、保卫祖国安全，与美国为首的"联合国军"发生的战争。在朝鲜牺牲的志愿军烈士们，他们英勇的战斗事迹、保家卫国的精神值得我们发扬光大。

《上甘岭上壮烈歌——黄继光和他的战友们》

在1952年10月的上甘岭战役中，黄继光和他的战友们在零号阵地半山腰被敌机枪火力点压制，此时，黄继光身上已经多处负伤，手雷也已全部用光。为了完成任务，减少战友的伤亡，他用自己的胸膛堵住正在扫射的敌机枪射孔，为反击部队扫清了前进的道路。

《诗书印画　全入神品——国画大师齐白石》

齐白石出身贫寒，做过农活，当过木匠，后改学雕花木工，从民间画工入手，摹古人真迹，学诗文书法，融汇古今，而诗、书、印、画俱佳；他将中国画的精神与时代的精神统一得完美无瑕，使中国画得到国际的重视，无愧于"国画大师"的称号。

《毕生为文化而奋斗——中国第一出版家张元济》

张元济参与、主持和督导商务印书馆近六十年，使其从简单的印刷企业转变为当时中国教育出版的旗帜。张元济一生爱书，在中华大地动荡不安的年代里，他用自己对文化的热爱，续存着中华民族灿烂悠久的文明之光。

《独树一帜　梨园大师——著名京剧表演艺术家梅兰芳》

梅兰芳，京剧大师，演唱风格独树一帜，世称"梅派"。曾先后赴日本、美国、苏联演出，并荣获美国波摩那学院和南加州大学的荣誉文学博士学位。作为一位爱国者，抗战期间蓄须明志，拒绝为日本人演出，为后世称颂。

《华侨旗帜　民族光辉——爱国侨领陈嘉庚》

陈嘉庚是著名的爱国华侨领袖、企业家、教育家、慈善家、社会活动家。他为辛亥革命、民族教育、抗日战争、解放战争、新中国的建设做出了卓越的贡献。生前被毛泽东誉为"华侨旗帜、民族光辉"。

《向雷锋同志学习——伟大的共产主义战士雷锋》

雷锋，一个平凡而伟大的共产主义战士，一心向着党，一生秉承着全心全意为人民服务、无私奉献的崇高思想；发扬刻苦学习和钻研理论的"钉子"精神；坚持勤俭节约、艰苦奋斗的优良作风。毛泽东为其题词："向雷锋同志学习。"

《人民的好公仆——县委书记的好榜样焦裕禄》

焦裕禄，被誉为县委书记的好榜样。他用自己的革命精神，展开了与大自然、与社会落后现象、与病魔的多重抗争，让我们领略到一个共产党人的生之伟大、死之壮美的人格品质和具有现实教育意义的精神魅力。

《文学巨匠　京味大师——人民作家老舍》

老舍是我国现代小说家、文学家、戏剧家。他用融入骨髓的真诚文字反映生活的喜怒哀乐。老舍的一生，总是在忘我地工作，他是文艺界当之无愧的"劳动模范"，生前被北京市人民政府授予"人民艺术家"的称号。

《革命老人——无产阶级教育家徐特立》

徐特立是一代伟人毛泽东的老师。他出生在贫苦家庭，大部分时间生活在动荡艰苦的年代；他刻苦勤奋，不畏艰辛，追求光明，一生勤俭，为革命培养了大量的人才；他对党和人民任劳任怨，鞠躬尽瘁。他坎坷奋斗的一生，留下了许多可歌可泣的故事。

《人生能有几回搏——新中国第一个世界冠军容国团》

容国团先后担任中国乒乓球队运动员、女队主教练。获得1959年男子单打世界冠军；1961年夺得男子团体世界冠军；作为中国女队主教练，1965年率女队第一次夺得女子团体世界冠军。他的"人生能有几回搏"的豪言，举国传诵。

《石油工人一声吼　地球也要抖三抖——铁人王进喜》

王进喜，新中国第一批石油钻探工人。他为祖国石油工业的发展和社会主义建设立下了不朽的功勋，在创造了巨大物质财富的同时，还给我们留下了宝贵的精神财富——铁人精神。他被评为"百年中国十大人物"，写入中华民族的光辉史册。

《做人民需要我做的事——著名地质学家李四光》

李四光是一位伟大的科学家，他一生从事地质学研究工作，足迹遍布祖国的山川，为祖国探明了许多地下宝藏；他创建了崭新的学说——地质力学；他历尽重重困难，为正确认识地质构造开辟了一条新路。

《中国化学工业的先驱——著名化学家侯德榜》

　　为摆脱纯碱需要进口的窘况，20世纪初，怀着"实业救国"梦想的中国化工先驱侯德榜等人创办了永利碱厂，并立志生产出中国人自己的碱。1926年，永利碱厂终于成功地生产出"红三角"牌纯碱，从此中国制碱业得以跨入世界先进列。

《毕生求是　一丝不苟——著名科学家竺可桢》

　　著名科学家竺可桢献身科学研究；治学严谨，一丝不苟；一生廉洁，两袖清风；作风民主，爱护学生。他以爱国之心、报国之志，从一个民主主义者逐渐成长为一个共产主义战士。

《热爱自然的大地之子——著名植物学家蔡希陶》

　　蔡希陶，五十载风雨，五十载坎坷，五十载奋斗，五十载开拓，为了发现对人类生产、生活有用的植物及新物种的引进而做出巨大贡献，在中国的植物资源学史上将永远镌刻着他的名字。

《高洁无私的襟怀——知识分子的楷模蒋筑英》

　　蒋筑英是中国当代知识分子的先锋典范，他不为名，不为利，尊重科学；他以坚忍的毅力和顽强的作风，在科学的道路上呕心沥血，鞠躬尽瘁，无私地奉献了青春和生命。

《迎接新生命的天使——卓越的妇产科专家林巧稚》

　　林巧稚是国内外享有盛誉的妇产科专家。在五十多年的医学教育和临床实践中，林巧稚亲自接生了五万多婴儿，治愈了数千病人，培养了数以百计的专门人才，为我国的妇女儿童事业做出了不可磨灭的贡献。

《独自成千古　悠然寄一丘——国画大师张大千》

　　张大千是20世纪中国画坛最具传奇色彩的国画大师，无论是绘画、书法、篆刻、诗词无所不通。在艺术界深得敬仰和追捧，艺术家们用真挚的感情，用绘画和雕塑展现了"张大千"多彩的艺术形象。

《建造中国的通天塔——著名数学家华罗庚》

中国当代著名数学家华罗庚,为中国数学的发展做出了无与伦比的贡献,他是中国解析数论、典型群、矩阵几何等多方面研究的创始人与开拓者,也是我国最早将数学理论研究与生产实践紧密结合的科学家。

《问鼎长天　强我国威——两弹元勋邓稼先》

邓稼先是我国著名科学家,参加组织和领导我国核武器的研究、设计工作,从对原子弹、氢弹原理的突破和试验成功及其武器化,到新的核武器的重大原理突破和研制试验,作出了重大贡献。是我国核武器理论研究工作的奠基者之一,被誉为"两弹元勋"。

《敢叫天堑变通途——桥梁专家茅以升》

中国著名的桥梁专家茅以升从小立志为祖国建造桥梁,经过不懈努力,他不仅设计建造了一座座宏伟壮观、坚固实用的道路桥梁,而且搭建了一座座友谊之桥,为祖国建设作出了卓越贡献。

《蘑菇云之梦——核物理学家钱三强》

被誉为"中国原子弹之父"的核物理学家钱三强,更名后立志于科技报国;24岁投师于世界著名核物理学家居里夫妇;与夫人何泽慧合作,发现铀的"三分裂""四分裂"现象;统领我国的原子大军,做了大量创造性工作。

《两离桑梓地　满怀雪域情——领导干部的楷模孔繁森》

孔繁森,是一位一尘不染、两袖清风的好干部。两次进藏工作,历时十载,为西藏的建设、发展和稳定作出了突出的贡献。1994年11月,孔繁森不幸以身殉职。人民群众称他为新时期领导干部的楷模。

《摘取数学皇冠上的明珠——著名数学家陈景润》

陈景润是享誉世界的数学家,为了证明"哥德巴赫猜想",他以惊人的毅力在数学领域里艰苦跋涉,终于攻克了世界著名数学难题"哥德巴赫猜想"中的"1+2",创造了中国乃至世界数学史上的辉煌。

《学术独步　饮誉四海——享有国际威望的科学家卢嘉锡》

卢嘉锡是一位在国际科学界享有崇高威望的物理化学家、化学教育家和科技组织领导者。1945年，卢嘉锡满怀"科学救国"的热忱回到祖国，对中国原子簇化学的发展起了重要推动作用，他所指导的新技术晶体材料科学研究，也取得了重大成绩。

《德艺双馨　梨园楷模——著名豫剧表演艺术家常香玉》

常香玉1941年赴陕甘演出。1948年在西安创办香玉剧社。1951年为支援抗美援朝，率剧社巡回西北、中南、华南各地演出，以演出收入捐献"香玉剧社号"战斗机一架，素有"爱国艺人"之誉。

《文学大师　激流勇进——著名作家巴金》

本书以巴金生平和主要事迹为线索，回顾和展示现代著名作家巴金的一生，以期让人们看到巴金在这风云变幻的100多年中，有过成功的欢欣，有过屈辱的磨难，有过痛苦的忏悔，有过平静的安宁。巴金的人生，映照着一代中国五四知识分子坎坷而不平凡的命运。

《壮心系科学　孜孜为国昌——理论化学家唐敖庆》

本书讲述了唐敖庆从出国求学、学业有成、回国任教，到服从安排、艰苦工作、刻苦钻研，最终成为中国量子化学奠基者的过程。让人们看到了这位著名化学家的赤心爱国、严谨治学、大公无私的崇高品格和科研上的卓越成就。

《中国导弹之父——著名科学家钱学森》

当第一颗原子弹升空的时候，当中国的人造卫星奏响《东方红》的时候，当中国运载火箭腾空而起的时候，当中国研制的导弹准确命中目标的时候，人们都会想起他的名字：中国导弹之父钱学森。

《中国近代力学的奠基人——著名科学家钱伟长》

钱伟长曾以中文和历史两个100分的成绩考入清华大学。九一八事变后，钱伟长毅然放弃了文科的学习而转为理科。他是中国近代力学、应用数学的奠基人之一，在固体力学、流体力学以及航空航天领域，取

得了卓越的成就，为新中国的现代化建设付出了毕生的精力。

《中国光学科学的奠基人——著名科学家王大珩》

王大珩是我国著名的科学家，中国光学科学的奠基人。他先在清华就读，后赴英国求学，学业有成，立志科学救国，其成就享誉神州。他以科学的求是精神和赤诚的爱国情怀，探索着中国光学发展的闪光之路。